好故事 STORY POWER 的力量

從靈感挖掘、打造結構到講出令人難忘故事的秘訣

Secrets to Creating, Crafting,
and Telling Memorable Stories

Kate Farrell

凱特・法瑞爾 —— 著　王惟芬 —— 譯

致你強大的故事

推薦序
故事，和故事之外的

知名編劇、作家 袁瓊瓊

關於人類為什麼癡迷於聽故事，是個很值得思索的話題。從古至今，所有文字或非文字的記述，基本上都是用不同的載體在說故事。甚至，若擴大來講，家長里短，八卦，煽色腥雜誌，以及新聞報導，也無非是在用不同的角度講故事。為什我們這樣喜歡聽故事？任何一件事情發生了，我們總覺得其間是有個起承轉合和因果關係的，而好的報導，或好的「講故事人」，都有能力把因果關係和起承轉合給整理出來，而且合情合理。當然，呈現出來的是不是真相，這要另論。但是明顯的是：如果想讓某些人，接受一種理念，或者改變想法改變行為，沒有比講故事更有力量的方法。

這個世界有許多因為一本書，一句話，一個人的事蹟而改變了歷史的故事。而微妙的是：世界自己並不講故事，世界的故事都是由人類講述的。不過是山洞里有水滴下來，人類就說出了「滴水穿石」的故事，並且推演出「堅持不懈就能完成不可能任務」

的道理。我想地球並不在乎它的存在有沒有意義，山或水，雲或雨，植物或礦物，我們喜歡的毛小孩，寵物，家裡的蟑螂和螞蟻，甚至細菌，寄生蟲，阿米巴變形蟲，都不在意自己的存活有沒有道理有沒有意義，他們只是活著，然後死去。只是存在著，之後消亡。只有人類，獨獨存在，或是活著，好像並不夠，我們還需要別的，很多很多別的。

那個「別的」，我個人覺得，就是「故事」。人生這麼長，經歷的事太多太瑣碎，雞毛蒜皮到毫無意義。但是，若有人能把這些零碎歸納，整理，提綱挈領，編織出一個有頭有尾，更重要的，有意義的故事，似乎，人類那種無序，混沌，無法預設無法掌控的生命，便因之而有了解釋。

故事是重要的，故事讓我們在沙礫中找到黃金，發現我們枯燥的人生中其實埋藏了種子。故事讓我們看到我們的過去，現在，和未來。看到我們自己，和整個家族，種族，和國族存在的意義。

「故事」成為顯學，好像是進入新世紀之後的事。在上個世紀，「故事」這個字眼通常被認知為虛構。我們對「故事」沒有那樣認真。聽「故事」的時候，人們一邊享受一個完整故事被整理出來的驚奇和喜悅，一邊又很自然的相信其內容是編造的。但是，現在，網路上一大堆文章教人如何講故事。銷售產品需要故事，給自己立人設需要故事，交朋友需要故事，創業需要故事……至於真正需要故事的行業：寫作，編劇，那更不用提了，組織素材，從而完成一個有吸引力的故事，幾乎是基本功。

在現代，「講故事」已經成為一種技藝。一門幫助自己成功的重要能力。而《好故事的力量》正是教人如何講故事的一本密笈。

從編輯方式也可以看出，這是一本類似教師手冊的東西，四大分類涵蓋了幾乎全部的故事型態：從說個體的故事，到說整體的故事，從虛構的故事，到真實的故事……作者凱特．法瑞爾整理非常完整，除了歸納出不同類型故事的執行步驟，還有案例參考，而且每一章都有「練習」單元，讓讀者實地操作。簡直是手把手在教讀者學會這門技藝。

我從二〇一六年開始教授「家族書寫」，以自己的教學經驗看這本書，必須要說，太珍貴了。書裡的指導，不僅實際，也非常有創意。而且是方方面面全都顧到。

而最厲害的是：全書又不止於是「工具書」，格局其實更大些。凱特．法瑞爾在書中不斷談及「故事書寫」最重要的核心：你的書寫是為了什麼？尤其針對所謂的「個人故事」。

「個人故事」泛指自傳，回憶錄，以及家族書寫。套句張愛玲的話：「沒有誰的人生不是千瘡百孔的。」由於源頭是當事人自身經歷，「個人故事」多少是被認可為具有真實性。凱特．法瑞爾戳破了這一點。偶而，家族書寫會寫成謊言。許多我們以為的事實，有時候未必。而看似明明白白的家族傳承，或許背後有秘密。

心理學研究已經得知：許多無解的心理障礙，往往來自於家族秘密。那些被有意遺忘或迴避的人或事，並不會因為被掩蓋而消失，而只是成為血脈傳承中的一段空白。

在這種情形下，如何看待己身的故事，成為超出書寫的存在。我們該選擇面對深淵，還是直接把這黑歷史如同惡性腫瘤般切割掉？

凱特・法瑞爾建議的是換一種方式來面對。持平的看待那可能不堪的歷史，透過挖掘和書寫，共情那個秘密之所以發生的不得不爾。一件事永遠不可能只有一面。看到向陽處，也要看到背光處。把這兩個面向都托出來，看到兩者之間的互為因果，或許才是個人的故事書寫最大的力量。這時我們站在自己之外，明白到所有的生命都只在述說一個道理：我們是相互連結的。別人的故事與我們並非毫不相關。

如果懂得了一切生命歷程中善惡相生的道理，接納自己的黑與白，那麼，這個秘密便會成為禮物，而非傷害。

推薦序

故事外的故事

華語首席故事教練　許榮哲

我的成名代表作《小說課之王》（天下文化出版），一共找來四十七篇我個人偏愛的小說，然後以它們為範本，示範小說的四十七種寫法：人物、場景、對話、留白……

所以當我看到《好故事的力量》這本書時，心中特別激動，因為它跟我的書異曲同工——它找來二十一位作家，各挑一篇作品，然後往前追問作者的「創意發想」，往後扣問作品的「意義何在」，最後再給讀者「練習與提示」，也就是把每篇作品的「前世今生」，都無限透明的展現在讀者面前。

創意發想→打造故事→意義層→練習與提示

二十一位作家，帶來二十一個發想、故事、意義、練習。

看著、看著，我突然有個邪惡的念頭冒了出來，我決定成為《好故事的力量》這本書裡，第二十二位作家！

底下，就以我個人創作生涯，最初也最愛的作品〈為什麼都沒有人相信〉為例，來跟大家分享「故事外的故事」。

創意發想

寫作第一年，我認識一個女孩，女孩說她認識一個會輕功的人。我本能的問：「哇，好酷，能介紹給我認識嗎？」

女孩當場嚴正拒絕。她說，輕功這種事不能外傳，除非你自己去認識。

我的第一直覺是胡說八道，哪有這種事，然而第二直覺卻是——女孩做人做事一板一眼，不可能說謊。

正是「胡說八道VS一板一眼」的矛盾組合，給了我寫作的衝動。

至於素材，除了女孩提供的「輕功」之外，我還需要另外一樣不相干的東西，因為想像力就是把兩件不相干的事，連結起來的能力！

舉個例子，愛因斯坦有句名言：「有兩種東西是無限的，宇宙和人類的愚蠢」。「宇宙」和「愚蠢」乍看完全不相干，但愛因斯坦卻巧妙的用「沒有極限」，把它們連結起來了。

於是我尋尋覓覓，終於找到足以匹配「輕功」，卻又完全不相干的另外一樣東西——鬼來電。

打造故事

〈為什麼都沒有人相信〉摘錄

主人翁蕭國輝是大學重考生，周月雅是補習班同學，重考多年，精神狀況不穩定，沒人分得清她話裡的真偽。

考前幾天，蕭國輝自暴自棄，連補習班也不去了。從此，周月雅每天凌晨三點，就會打電話給蕭國輝，淨說一些光怪陸離，真假難辨的事。

考前一天，凌晨三點，周月雅又打電話來了。

周月雅說：「蕭國輝，明天就要聯考了，聯考完你就會搬離這兒，那我就再也不能講我的故事給你聽了，所以今天所有的故事都必須有一個結局對不對？」

周月雅講話的同時，蕭國輝的窗外突然有個不明物體閃了過去。

周月雅：「蕭國輝，自從你不來補習班之後，我就變得非常孤單，再也沒有人相信我。我……自……殺了。你相信我已經死了嗎？」

此時，蕭國輝的窗外，有個不明物體，就像武俠小說裡的「草上飛」一樣，一蹦一彈一跳的躍上河濱公園的大探照燈上。

仔細一看，探照燈上站的正是蕭國輝的同學陳建宏。遠遠的，陳建宏的嘴巴一張一闔：「我、已、經、學、會、輕、功、了。」

電話那頭，周月雅又重複了一遍：「蕭國輝，你相信我已……經……死……了嗎？」

望著窗外的陳建宏，蕭國輝只覺得全身暖暖的。原來陳建宏沒有騙他，他說的都是真的，真的有輕功這麼一回事。這時蕭國輝轉頭，語氣堅定的對著電話筒說：「周月雅，我相信妳，從來我就都相信妳。」

「蕭國輝，我就知道全世界只有你相信我，只有你知道我知道，我說的都是真的。」周月雅幽幽的說。

意義層

一般人的認知裡，不管是主線「鬼來電」，還是副線「輕功」，在現實裡都是不可能發生的事。然而有一天，其中一件事居然成真，於是乎另外一件事的可能性，也瞬間升了上來。

一種近似數學上的邏輯推理：「∵輕功ＯＫ ∴鬼來電也ＯＫ」

然而細細推究，真正讓主人翁說出「我相信妳，從來我就相信妳」的，其實是同理心。一種寂寞的人相濡以沫的共通情感——蕭國輝和周月雅是漂浮在黑暗世界裡，彼、此、的、浮、木。

練習與提示

「一輩子不說謊的母親，臨死前每天喊著看到龍」，如果是你，你會寫成什麼樣的故事？

矛盾引發寫作的衝動，而龍是現成的素材。現在你只需要再找到一件不相干的東西，就可以開始動筆寫作了！

以上是第二十二位作家，許榮哲的故事，以及故事之外的故事。

現在翻開《好故事的力量》，讀完前言的使用說明後，從第一位作家開始吧！這位作家的名字叫莎拉・埃特根・貝克，故事叫「遊樂券」，故事外的故事是這樣的……

——完

目次

第二章 關於「我們」的這塊料

第三章 家族故事

第四章 說故事的技巧與工具

序

身為女性，我們總是會在故事中找到自己。

打從人類存在以來，在農耕、收穫與準備餐點之餘，在紡紗織布，還有在照顧孩子和年邁父母之際，我們會講許多故事，講自己的生活，講祖母和母親的生活，還有女兒和孫女的生活。我們共享的故事變成了一首多聲部的合唱，在這樣一首故事之歌中，吟唱著工作中的女人，嘻笑玩耍中的女人，也歌頌展現關愛的女人和活生生的女人，更有生產中的女人以及垂死的女人。這些故事充滿痛苦，因為人類生活向來如此，但也充滿歡樂，因為生活中也有這一面。苦與樂就像是金絲線一樣，貫穿豐富而圓滿的女性故事，世代相傳，從母親傳給女兒，再傳到孫女，讓世界不會遺忘女性的經驗談。

講故事特別有益身心健康。當我們在故事中揭露自己時，會在這些零散碎裂的經驗表面下意識到持續存在於生活中的核心。在覺察到身為說故事的人——這個「我」的諸多面向與層次後，我們得以描繪出令人費解，甚至相互矛盾的自我風貌。這是我們在不同場合針對不同的受眾所創造出來的——然後從中找出將所有這些篇章交織在一起的絲線，將所有故事版本化為整體。最重要的是，當我們意識到是自己在講故事時，我們明白對自己的了解和想像就是一則故事。這只是再現我們經驗和重構我們生活的一種路徑。我們的故事**並不是**經驗本身。

心理學家告訴我們，這種體認是一種深層的治療。為了在這混亂而且經常具有威脅性的外部世界中理出一個頭緒，我們會在內部創造參考框架，一個敘事結構，也就是**故事**。

我們的故事有時充滿肯定，富有建設性，能夠帶領我們進入一個慷慨而充滿愛心的世界。有時則是消極負面，限制了我們的選擇、行動和夢想，反映出一個較為邪惡的宇宙。有時，我們會主動積極寫下自己的故事——將自己描繪成一個足智多謀、滿懷希望的人，能夠創造自身未來。有時，我們則被動地任由我們的故事來定義自身：將自己視為被過去所限制的人，沒有解決辦法，不抱希望，淪為不可控外力的受害者。

在理解到我們的故事**就只是**故事後，就可大刀闊斧地重述和修改，進而幫助我們修復在成長和變化的歷程中不可避免的創傷，重新振作起來。

這樣講很有道理對吧？當我可以看出實際發生的事件與我所說出故事之間的分野，看到經驗與我對此經驗的詮釋之間的差異時，我開始瞥見許多打造自己生活的創意手法。我意識到自己的經歷就跟故事一樣，有開頭、中場和終點。我的生活，就像所有的敘事一樣，是由情節、人物、場景和主題這些故事的基本成分所組成。當我開始對生活中的各種情節和枝微末節有所感覺時，各個角色（包括我這個主角在內！）所構成的劇情，就開始具有心理層面的意義。當我了解自己的一舉一動是如何造成一個又一個的結果時，就可以將自己看作是我的經歷和我人生情節的創造者。我會尊重和欽佩自己竟然有能力從混亂和看似隨機的事件與影響中建構秩序，對還身處其中的我來說，那完全是神祕難解的謎。

我們的個人敘事透過精心建構，可能產生極大的治療潛力。回憶自己去過的地方、過去的想法和做法，可以讓我們對將來的想法和計畫有更清晰的認識。世界看似充滿眾多選擇和替代方案，而我們則擁有力量和目標。我們可以選擇要在生活中實現哪些潛力，讓夢想**成真**——我們可以**講自己的故事**。

而且，當我們想起自己的故事時，無論多麼痛苦，都能夠軟化舊傷疤，緩和讓人痛心疾首的苦難以及舒緩疼痛的傷害。透過講述我們生活的真相，可以潔淨傷口的感染，覆蓋那些扭曲我們的痛苦傷痕——正是這些傷讓我們無法看出自己所有的可能性。而在分享這些真相，在一起開誠布公談自己的秘密時，或許就能治好我們共同的傷口——女人的傷口。

講述自身故事這樣一個簡單舉動，所產生的治癒力通常非常強大。更強大的是，這種治癒力不僅可以治療我們自己，在分享出去時，還可以治療所有的女性。這就是為什麼在講故事給自己聽時，與他人分享也是很重要的。這種共享帶來一種親切感，一種姐妹情誼。我們了解，在努力成為一個懂得覺察自身，能夠達到完整而健康的人生旅程中，我們並不孤單。我們對自身和自己的生命認識得越多，就越想知道其他女人的生命，不論是在我們這個時空背景下的，還是在其他時代和其他地方的。

故事具有巨大的潛力。當我告訴你我的生命故事時，我不需要做什麼特別的事，只要說出我經歷過的一切，不用在乎情節零碎難以連貫，或是起頭有點鬆散，就只是全盤托出所有傷害和獲得治療的部分。而當你告訴我你的故事，我也不用刻意做什麼，只是聆聽和接受、反思和感動。我們在一起說故事，聽故事，接受和反省，我們就會獲得改變。如此一來，我們便可以一起取回動能，這是我們所承繼到的精神力量。我們可以利用這股能量，以不可思議的新方法、新形式來重組自己。我們可以賦予自身和他人力量，來重新審視這份在我們出生時就交給我們的人生劇本——這份文化腳本，規範了身為女人的行為舉止與思想談吐，以及所要相信的一切。

正如我們在#MeToo運動中所發現的，講出我們的親身經歷確實具有變革性——不僅是在個人身上，也會在集體和文化上產生變化。我們學習女人的經歷，分享這些經驗，並且受到改變——而在發生改變時，我們也可以改變世界。行筆至此，我想到最近由梅根．圖伊（Megan Twohey）和茱蒂．坎特（Jodi Kantor）合寫的那本書《性、謊言、吹哨者》（*She Said*），探討在工作場所和美國的整個文化中，當女性開誠布公地交代她們的親身經歷後，會有怎樣的遭遇。在今日，女人的故事比任何一個時候都來得強大，而這故事產生的力量，即故事力，從未如此清晰。

事實是，我們渴望透過講述真實故事，進行真誠而有意義的交流，創造深厚的人際關係。今日的我們，不再像遠古時代的人每晚圍坐在篝火旁，但我們繼續回應直接撩動我們心弦的說話者的聲音。過去，通常是由待在家中的女性講民間故事、唱歌和談那些很久以前的故事。今天，說故事的藝術則展現在許多平臺上，而且包羅萬象，也充滿個人色彩。而且，透過網路科技，我們得以發表我們的故事（如部落格、社群媒體和podcast以及作者自費出版新書），我們的聲音不斷放大。

《好故事的力量》也是如此，這是一本工具書，是關於說故事的藝術，跟口述傳統取經，並向全部有故事要講的人發出邀請，讓他們成為講故事的能手。本書作者凱特．法瑞爾（Kate Farrell）彙整現今各種個人敘事手法，活化這項古老傳統，指導我們為各種場合創造和講述令人難忘的真實故事的技巧。結合實例、要點提示及每個主題的練習，鼓勵我們探索生活和家庭中的重要事件。法瑞爾所寫的並不是規範教條，她在書中邀請了二十多個各有各色與背景的撰稿人發聲，分享他們的創作秘訣，提供如何講述難忘故事的方法，再搭配他們本人的敘事。《好故事的力量》是一本手冊，可用來於發現我們的故事，尋找自己的聲音，開發我們講出歷久彌新故事的巨大潛力。

——蘇珊．衛汀．艾博特，《紐約時報》暢銷書作者、故事圈網路創辦人

編按

此篇前言摘錄自《寫作人生的況味》（*Writing from Life*）一書，已獲作者的許可。作者蘇珊·衛汀·艾博特（Susan Wittig Albert）屢獲文學獎，也曾進入《紐約時報》的暢銷書排下榜，知名著作有《愛上愛蓮娜》（*Loving Eleanor*, 2016），此書講述已故總統夫人愛蓮娜·羅斯福和洛蕾娜·希科克（Lorena Hickok）的親密友誼。還有《一朵野玫瑰》（*A Wilder Rose*, 2014）是關於羅斯·懷爾德·萊恩（Rose Wilder Lane）和她撰寫《小房子》叢書的寫作過程。

艾博特獲獎的小說包括《中國貝葉斯》（China Bayles）系列叢書、《達令大麗花》（Darling Dahlias）、《碧翠絲·波特（Beatrix Potter）的農舍故事》以及她與丈夫比爾·艾博特（Bill Albert）——筆名為羅賓·佩奇（Robin Paige）——合著的一系列維多利亞—愛德華時代的神祕故事。她寫了兩本回憶錄《平凡日子的非凡歲月》（*An Extraordinary Year of Ordinary Days*）以及《在一起的孤單：婚姻與地方的回憶錄》（*Together, Alone: A Memoir of Marriage and Place*），皆是由德州大學出版社出版。

她創立的國際非盈利會員制組織故事圈網路（Story Circle Network），總部位於美國德州的奧斯汀。有數千名女性會員，她們都想要記錄自己生活，並且透過日記、回憶錄、自傳、個人散文、詩歌、小說、非小說、戲劇和混合媒材來探索她們個人的故事。

蘇珊・衛汀・艾博特是德州文學研究所（Texas Institute of Letters）的成員。

前言

說吧！說吧！
宇宙是由故事組成的，不是原子。

——《黑暗蔓延》（*The Speed of Darkness*）
作者穆里爾．魯凱澤（Muriel Rukeyser）

講故事的歷史就跟人類歷史一樣長。在每個文化中，都有先人講的故事，他們由此賦予生活意義，讓歷史流傳下去，並且娛樂聽眾。從古至今有很多事情改變了，但故事沒有。有些最古老的故事仍伴隨著我們——因為這是人的天性，我們生來就想講故事和聽故事。

在今日這個眾聲喧囂、高科技的自動化世界中，說故事不僅與之息息相關，而且還是其中的關鍵。少了故事，我們就無法彼此連繫。我們會失去一些重要的東西，在科技中迷失人性。故事可以填補這項社會關鍵需求，透過其技藝和引人入勝的口述傳統，提供一種直接的個人連繫。但是，正如詩人魯基瑟（Rukeyser）對我們的想像：**我們是否難以讓喉嚨中的那隻鳥飛出來呢？**

我們的故事，並不存在於印刷的紙面上，而是儲存在腦海中的印象裡。這些畫面是流暢的，立體而完整，是我們的經驗和夢想的即時重播循環。它們具有強大的力量：故事會定義我們，並且創造出構建生活的敘事。個人故事具有普世的特性：它們照亮我們的共同點，並且在與他人分享時，能夠以令人信服的方式連結彼此。說故事的藝術可以幫助我們與他人交流，並且發現自己；激發並鼓舞我們。講出我們生活中的重大故事，就是幫自己轉型。

儘管講故事是一門充滿傳奇的藝術，但本書是簡單易懂的指南，揭示創作、撰稿和講述故事的秘訣。秉持講故事的傳統精神，本書並不會提出一套特定的講故事方法，而是讓各種聲音大鳴大放。《好故事的力量》集結二十多位已有著作出版的作家、傳記作家和說故事高手，為讀者提供一系列的技巧，闡明個人故事的多樣性和吸引力。請享用這本說故事指南，試著將你獨特的聲音、智慧和機智添加到這古老的故事世界中！

本書的使用說明

你可以從頭到尾完整閱讀，或是挑選最感興趣的章節來讀。本書的第一、第二和第三章都包含三個流行的主題，並在每章深入探討。這三章依照類似的格式呈現，以圖示標明每項技能，輔以故事範例來說明。第四章著重故事的傳達技巧，可以應用在所有故事類型。第五章探討豐富的民間傳說遺產，以及這對打造個人故事和風格的可能影響。

創意發想

這個圖示標誌故事的選擇——即創意發想的過程，它分散在本書的許多地方。可能在某個相關主題的範例故事，或是講故事的小訣竅的旁邊。要是你對這類技巧最感興趣，可以細讀本書中有這圖示的地方。

打造故事

從原始經驗來打造一個故事的過程得小心謹慎。此圖示會引導你認識本書中所有故事高手磨練出來的各種寫故事方式，並搭配說明。本節還有一個名為「**意義層**」的討論區，在當中會進一步深入探討故事的弦外之音或隱喻。

講述故事

說故事前的準備工作，就與說故事本身一樣重要。前三章討論要如何準備說故事，到了第四章，則會藉由圖像提示來完整交代要如何熟練說故事技巧的**七個步驟**。

練習與提示

每一章都有提示和練習的單元，會根據各個主題發展出另一層面的敘事藝術。透過許多這類入門故事的練習，從中找到最適合自己風格和目標的故事類型。如此一來，不僅能找到屬於自己的獨特聲音來講故事，也將認識自己的本質。

第一章

如何將「稻草」變成「黃金」

當女孩被帶到國王那裡時，他把她帶去一間滿是稻草的房間，給了她一臺紡車，吩咐道：「現在開始紡紗吧！要是到了早晨，你沒有把這屋子裡的稻草全都紡成金子，我就將你處死。」這個可憐的磨坊主人的女兒，只能一籌莫展地呆坐著，想到自己的小命即將不保。她完全不知道要如何把稻草紡成黃金。

——格林兄弟（Brothers Grimm），《侏儒妖故事集》（*Rumpelstiltskin*）

引言

我們要如何將自己的親身經驗、記憶中的斷簡殘篇，轉變成一則則令人難忘的故事，就像將稻草編織成金線一樣？

無論是要帶動晚餐氣氛，與聽眾互動，歡送同事退休，還是要向最好的朋友敬酒，一則生動的故事都將讓你在大家腦海中留下印象，同時還會讓這一刻更為特別。故事中的嘉言金句，會為一般社交場合或專業交流增添價值。只要經過精心打造，選擇恰如其分的方式講述，生活中的親身經歷會變得很有趣，具有啟發性，甚至是激勵人心。

誠然，我們每天都為成堆的稻草所環繞——大量的經驗，不斷流動的事件，毫不停歇的感官意象，還有這一切帶來的情感衝擊。在我們的城堡屋子裡，稻草一路堆滿到屋頂。

我們要如何像魔法師——說故事的人——那樣，把這些材料變成黃金呢？有哪些經歷不僅在記憶中歷久彌新、充滿情感、對個人具有重大意義，同時又具有普世價值？這裡的「金線」，就是能深深觸動聽者與讀者的情節線，能與他們產生連結，並且對兩者都能產生價值。這些具有持久意義的「黃金」故事不僅鼓舞人心，還具有啟發性，但這並不意味它們很嚴肅或沉重。有不少精彩的故事是以搞笑的脫口秀來呈現的。

去捉住那條線！把你的經驗紡織成可以講述的故事。在工作面試時分享一個你的代表性故事，或是在約會時講一個童年故事——個人故事是一種立即與他人產生連結的方式。而你精心打造並好好講故事，就會吸引你的聽眾，讓他們記得你，因為他們對你的經驗產生共鳴。

在這個數位時代，我們多數人都渴望產生有意義的人際連結，如今卻是被即時訊息和社群媒體上的發文取代。我們的交流溝通經常簡化為隨機性的標題連結和迷因（memes），難怪我們當中會有這麼多人充滿疏離感。

社群媒體平臺的一大問題，是它們傾向於描繪「最美好的生活」，張貼你的旅行、冒險，穿著最好的衣服去高級餐廳吃飯，或是在慶祝活動中一群微笑的親朋好友。這是一場微妙的競爭，可能會讓我們的網路追蹤者自慚形穢，略遜一籌——而這一切僅是由幾張照片和簡短的發文所造成的。

但是，你不一定要出外冒險或大啖美食，過著「充滿刺激」的人生，才能成為一個引人入勝的講者。這之間甚至沒有什麼關聯。關鍵在於你賦予種種發生事件的意義——也就是你從中紡出的金子。這樣一來，聽眾會看見一絲提煉出來的精華，這是你從經驗中提煉出來的真理，是一個他們能夠理解並為之共鳴的道理。

我們都是一個故事，一則生命故事。我們通常在人往生、在得知一切的來龍去脈後，可以看得更清楚一個人的故事。但當我們還不知道接下來會發生什麼，在我們過著每一天的生命、處於生命的中間，故事也一樣可以很有趣。就算只是純粹為了娛樂彼此，互相分享我們的故事也是一件好事。我們可以拿自己的困境來開玩笑，相互取悅。但有時就是很難開口，不知道要如何開始。因此，多數時我們都沒說出來，而是去談論新聞、天氣以及一些沒頭沒尾的話題。

有些人似乎比較擅長說自己的故事。他們會把事情說得活靈活現、生動有趣，而且深具娛樂效果，也因此讓人心悅誠服地相信整個故事。聽他們講話時，你會直接被吸引進去，身歷其境。除了個性之外，一個人之所以比較會講故事和描述事件，是因為他懂得一些在開始時所需的專注技巧。只要習得建立可信度的動力後，這就會成為你的第二天性。而那就是說故事的藝術。

本章將會提供在各種場合的說故事技巧，不論是在員工午餐會報、公開演講、假期聚會還是在長途旅行中。把說故事視為一個長久伴侶，而且是那種耐人尋味、充滿樂趣並吸引人的伴侶。若你想練習說故事的藝術，那就放膽一試，很少有人會對聽故事感到厭倦。他們會停止手邊的事，用著迷的目光盯著你——當然是到故事結束為止。用故事來分享你自己的生命，這可能會成為你的習慣，而且你不會對養成這個習慣感到後悔。

塑造與建構，是將你的個人經歷轉化成故事的關鍵。發展自己的故事風格也很重要，這樣你才會知道要如何修改故事內容和結構，將其貼切地傳達出來。若你的風格緩慢平和，你可能適合著重在幾個精心挑選的細節上，留下一些讓聽眾想像的空間。若你很健談，則可以用更多的意象來修飾你的故事。

事實上，我們每個人早就會講故事。我們都有很多難忘的經歷——那些我們在內心中反覆多次的獨白。我們大多數都認為不會有人想聽，因為生活乏善可陳，或是我們所知道的並不重要。但事實與此恰恰相反。我們可以與他人分享的才是人際交流中最有趣的——透過講故事來傳達生活體驗。

講故事可以成為編織我們生活並將我們連繫在一起的金線。

在腦海中想像一下，假設你是個享樂主義者，是個健談的人，是懂得品嚐自己生活的鑑賞家。當你這樣想時，除了你之外，沒有人能完全享受和理解你的生活。而且，除非你告訴他們，否則也沒有人知道為什麼要去認識你的生活。沒有人偏好去問你童年的故事，也不會要你吐露人生最尷尬的時刻，或是要你解釋為什麼直到今天在搭電梯時都會全身不對勁。然而你會發現，只要不太過張揚魯莽，分享你的故事會讓你成為一個充滿魅力且獨特的人。

分享故事的重點在於適度調整，針對你的聽眾來選擇故事，並在適當的時刻，透過對話交流來分享故事給一個人或一群人。將自己最難忘的時刻準備好，當成故事來分享，這會是參與社交談話的一個絕佳方式。在每一次的交談中，你會學到要如何選擇、架構和講述一個真實的故事，漸漸地能立即琅琅上口。你將會學習到在一則故事中創造趣味的基礎元素，可以擴展或強化手上的話題。

我記得年輕的時候，一直對自己的童年感到羞恥。我不想讓任何人知道我的家世背景，那似乎是段貧乏、可恥甚至是落後的生活。所以，我真的對自己的出身無話可說。後來，我遇到了一些成功人士，我發現若刨去他們的生活表面，經常會發現他們早期也過著匱乏的日子，也為了生活而掙扎。我終於明白大多數人並非都是含著銀湯匙出生的。多年來，我對自身過往的羞恥感漸漸轉變，反而能夠體認與接受一切塑造和影響我的經驗。所有這些經歷，不過就是我和我所編織的故事的一部分。

不論在你的生命中發生了什麼，你都存活了下來。因此，就某方面來說，在你生活中的每一個故事，都算是有了一個圓滿的結局，畢竟現在的你可以在這裡向大家講述你的故事，並且啟發你的聽眾。你人生中最悲慘的時刻成為故事的最佳素材，因為你成功走完這樣的經歷。這就好比是訴苦或抱怨，一旦脫口而出，你就已經振作起來了。講故事不只是要講美好時光，還要講述你生活中所有值得記住的時光。

在蒐集好個人的故事材料後，你會拿它們怎麼做呢？首先，你可能會先發現自己是個很有趣的人。你的生活多采多姿，有情感流露的時候、有戲劇化的曲折情節，有許多細微層次，有美麗，有恐懼，有害怕，有喜悅，有興高采烈的時候，有悲慘痛苦的時候，還有一些特殊的物件，有最愛的帽子和破舊的泰迪熊。而你之前可能還覺得自己是個無聊的人，沒有什麼故事可說！

接下來，你可能會想要將自己的故事融入到日常對話中，無論是在特殊場合，還是公開演講中。在練習講故事的技巧時，要經常使用它來證明一個觀點，或是用來分享共同的經驗。這樣你會既有說服力，也展現出風趣幽默的一面，甚至可以還會贏得聰明慧黠的稱號。

童年與青少年

人生早期的童年歲月，是記憶中的最初，但這些珍貴的時刻，通常都難以回溯。要是想不起來你的故事線該怎麼辦？這一切是從哪裡開始的？現在又發展得如何？需要花一些時間來好好思索，才有辦法了解自己和自己的生活故事，並且將那些鬆散的線索編織起來。要空出一段可以獨自思考的時間，遠離所有的干擾——關掉收音機、電視、智慧型手機和筆電。只聆聽你自己的聲音。讓你的大腦沒有目的的發想一陣子，然後努力去追憶過往，看看能想起多早以前的事。

去挖掘你的第一個記憶——不是回想你父母或親戚所告訴你的，是要你自己想起來的。專注在那段記憶上。嘗試將其影像化，並且盡可能地去感受。專注在人、環境、衣著、氣味和溫度等細節上。回憶當時的感官經驗：襪子會讓你發癢嗎？你的手在出汗嗎？回憶一下你的情緒：你那時有什麼感覺？你在說什麼？盡可能地回想，然後放輕鬆，任它而去，讓這些圖像褪色、消失。這是一項艱苦的工作，但這是重要的第一步。

然後，再重播一次最初回憶的感官意象。一邊在腦中播放，一邊思考整件事的開頭。如果要把它當成故事來講，你將如何開始？你可能需要介紹一下地點、時間、你當時的年齡、故事中的其他人以及他們之間的關係等細節。這些會為你的故事提供脈絡，設定出場景和角色。然後，讓劇情繼續發展下去。它有什麼吸引人的地方，才會讓你回想起來？詳加描述這些經驗。最後這是怎麼結束的？現在到了最有趣的一部分：結局。這故事當中有哪些講述關於你的事，你從中學到什麼，或是在講出這則故事的過程中，你對自己有更多認識嗎？這故事可以有許多結局，試著為它定一個結局。

在累積真實生活經歷來作為寫故事的材料時，請試著花一些時間來靜靜咀嚼，回味生活中種種令人難忘的時刻——從你人生最初的印象一直到現在這個時刻。這些回憶越是確切清楚，你的故事就越有說服力。沒有什麼比親口描述更能讓聽眾切身地感受到那份真實性。

創意發想

記憶和回想的過程是一場回到年輕時光的內在旅程：要如何從中擷取所有的細節、對話、感受並且解讀這些對我們的意義？

在踏進童年的回憶時，可能會捲入圖像和印象的漩渦中，讓人感到目眩神迷，彷彿置身在一個地點、人物和時間都不斷變化的萬花筒中。我們要如何著眼在一個焦點上？哪一個可以發展成故事？哪一個只是短暫的印象？場景是故事的基本要件，這主要是關於事件發生的地點與時間，通常我們可以從這裡開始。在我們青少年時代的故事中，一個地方或場所有時可能會成為故事中的關鍵要素。

聽眾會對我們的出身來歷和根源感到好奇——這並不是刻板印象貼標籤，而是為了要認識我們所處的時空背景，以及那些會左右我們的力量。這一點，在講童年和青少年時代的故事時，尤其重要。一個地方的文化、語言和氣候會在一人身上留下早期的烙印，形塑其人生，而這會吸引聽眾，讓他們想要對我們有更多認識，並且從中產生連結。

要從童年場景中取材來講故事，必須要有足夠的真實材料，至少要包含能回答以下問題的資訊：

- 在那裡發生了什麼？
- 是否有衝突，或是緊張的局勢？
- 主要劇情是否隨著時間出現明確的進展？
- 有其他人物嗎？

- 有對話嗎？
- 最後一點——有結局嗎？

要是在回憶良久後，仍然回答不出這些問題，那就表示這段回憶無法發展成一個故事，只是記憶中的斷簡殘篇，一個小插曲。

例如，當我在腦海中構思一個童年故事時，我會想到過去我們一家人住在密西西比州墨西哥灣沿岸的那段時光，那時候重大事件都發生在帕斯克里斯琴（Pass Christian）的一座小鎮。這時我會先大致掃描一遍我回想起來的片段，有幾個脫穎而出：

> 曾經有一段時間，我哥哥和我會去公共碼頭釣魚，然後帶著一桶裝滿螃蟹的水桶回家。母親會在水桶裡灌滿水，放在火爐上，用大火烹煮。在水燒開後，我們看著一隻隻螃蟹不再動彈。

這是一段令人難忘的回憶，有我們成功捕捉到螃蟹的滿心喜悅，也看到沸水殺死螃蟹的反感與難受。但這當中還沒有足夠的高低起落，無法將其打造成一個引人入勝的故事。這算是那種一語帶過的事件，通常是以「我記得……」開始，比較適合拿來閒話家常，但不是用來講故事。

下面這段回憶相較而言，是在悉心回想場景後，蒐集到足夠的故事元素，甚至建立起一則故事的框架：

秘密花園

現在和我一起想像，一起進入一個不可思議的花園。那必定是在某個星期六，當我們這些住在貧民區的孩子沿著後街的小路閒晃時，決定要再次偷偷溜進米督蓋特花園（Middlegate Gardens），那是一片禁止進入的私有地。裡面的豪宅眺望著墨西哥灣，陣陣宜人的微風吹拂，這是紐奧良那排有錢人的避暑別墅。

那天，我們穿越環繞花園其中一側的高聳竹林，一路走到金銀花藤前。在那裡，就跟往常一樣，我們停了下來，摘一朵花，捏一下花苞，將莖拔出來，吮吸甜蜜的花蜜。

在確定四下無人後，我們進入一個做夢都想不到的地方，那是一大片日式茶園，當中有石燈籠、奇怪的生物雕像、寶塔、茶館、客房，還有一個池塘，裡面滿是緩慢游動的鯉魚，細小的溪流上有彎曲的木橋。再往上看去，有座巨大的佛像，立在石階上，前方由兩尊銅像在鎮守著，看上去像是正在大聲咆哮的寺院守衛。對我們來說，這裡是一處令人驚嘆的遊樂場。

男孩四處散開，準備玩一場靜悄悄的捉迷藏，而我，當中唯一的女孩，偷偷摸摸地往那間大房子靠近，發現了一個曲線造型的放乾了的游泳池。我可以看到房子的玻璃門，面向花園敞開著，還有二樓的窗戶，黑暗而安靜。我一步一步踩著橫桿沿著梯子向下，進入游泳池的淺水區。這個泳池好大，乾燥的水泥地板向下傾斜到最深處，我開始在當中跳舞，旋轉，搖擺，還搭配一些我隨便亂想的舞步。但是我一直抬頭望著那些黑暗的窗戶，想說那邊可能有人在看我，看我這樣一個怪小孩。

大約就在那時，看守人發現了那群四處亂跑的男孩，對他們大聲吼叫：「你們這幫該死的孩子！滾出去！」身材魁梧的他開始追逐那些趕緊鑽進竹林裡的男孩。

但他沒看到在游泳池裡的我。我蹲在淺水區，就在梯子的角落旁，在那裡數到一百。等一切都安靜下來，我從邊緣偷看。我的心臟砰砰跳，從池裡爬了出來，開始狂奔。沒人看到我衝過廣闊的草坪，穿過那片會刮人的竹林。

事隔多年，那座花園已經消失了，在卡密爾和卡翠娜這兩個颶風來襲時遭到摧毀。甚至連佛陀也從寶座上跌落下來，身首異處。卡翠娜颶風帶來三十英尺高的大浪，淹沒了大房子，也同時毀了花園裡的日本雕像。

幾年前，我再訪那裡，看到地基裸露出來，竹林四處蔓生亂竄。但是現在你知道在枯葉間低語的秘密，過去這裡有座日式茶園，就在密西西比灣沿岸著散發異國情調。在我的記憶中，我仍踮著腳尖在窺視著那裡。

打造故事

為了要構思這個故事，我先花了幾個小時來認真回憶那天的情景，我們這群住在附近的孩子，其實經常偷溜進這座花園，那天只是其中一次。閉上眼睛後，我再次踏上昔日的足跡，進入自己腦海內的意象中，盡可能回想起這份個人經歷的種種細節，以便為故事增添幾分真實性。我必須承認，讓我印象最深刻的是在金銀花藤前舉行的小小摘花儀式，還有我在那座乾涸的大游泳池裡一邊跳舞，一邊擔心大房子的窗戶後面會有人看我的心情——全然就是一個孩子的印象。

由於米督蓋特日式花園有其獨特的文化面，而且就其規模來說，也具有紀念意義，因此我確定這背後一定有段歷史。為了確保自己的記憶正確無誤，也就是我小時候對這宅邸大小的印象是準確的，我很快地在上網搜索了一番，結果發現許多關於這座花園的描述。在史密森尼學會（Smithsonian Institute）的美國花園檔案庫（Archival Repository of American Gardens）中，我找到了一篇研究論文、一本新書和一個線上攝影藝廊。

那座佛像確實是全世界數一數二的大佛，坐在二十英尺高的蓮花座上。游泳池刻意設計天然潟湖的造型，還有描繪古代偶像或家庭小精靈的微型雕像，而與外界接壤之處則是一大片竹林。我還查到花園後面的那條小路名叫聖路易斯街（St. Louis Street），就是我家以前的位置，沿著那條路蓋的小屋，曾經是給僕人居住的宿舍區，他們在那排面向海灣的豪宅工作。這些確切細節的研究，全都沒有進入我的故事中。

不過，如此一來，我才可以肯定這個超脫現實的地方不是我的白日夢——它確實就如我記憶中的那樣雄偉和不可思議。現在我可以說，這是一段生動而真實的記憶。米督蓋特花園在我身上影響深遠，得知它慘遭颶風破壞令我悲痛不已。

整體來說，研究查訪會提供講者信心以及驗證，確認孩提時代的記憶。但這在形塑故事時並不能替代直接的個人經驗。

意義層

在挑選和修改一個值得講述的故事時，會發現當中的元素和層次在剛開始似乎隱晦不明。在選擇要講這個故事，並將其定名為「秘密花園」後，我才發現，**秘密**一詞對我而言有很多含義：

- 花園是禁止進入的，但我們偷偷地溜進去。
- 這座花園已不復存在，僅存在於秘密的記憶中和檔案資料裡。
- 那是屬於我「丟臉」的、不可告人的過去：我在深南地方的童年。
- 在近幾年的兩次颶風後，花園遭到徹底破壞，這是氣候變遷導致的一個公開秘密。

因此，光是從這樣一個故事中，就可以得出很多不同的結論：榮華富貴的無常和消失；無人看管的童年的自由和益處；氣候變遷以及整個墨西哥灣沿岸社區的脆弱。要是我對園藝很感興趣，勢必還會從這個故事中看到其他層面的含義。若我是歷史學家，我將會看到在墨西哥灣沿岸，以紐奧良為中心，向外四散的法國殖民主義的殘餘力量的文化意義。

講述故事

你最後對一段個人敘事所下的結論，將會為這則故事被講述的方式定調，無論是在社交場合的對話，在演講時為了說明或引介一個要點，還是用在家庭聚會上。**無論是在什麼場合，以何種方式講故事，在準備一則故事時都要將其抽絲剝繭，拆減成各個元素。**唯有將任何書面形式的草稿，簡化成一系列簡單的關鍵字或圖像，才有辦法在不死背的情況下講這個故事。這就是口述傳統的藝術。

列出故事架構的要點，將細節化簡為故事曲線的關鍵字。

以「秘密花園」為例，其架構要點有：

1. 場景：在密西西比州墨西哥灣沿岸，紐奧良附近一座夏季度假別墅的日本茶園。
2. 人物角色：哥哥，九歲；鄰居的男孩們，六至十歲；我，七歲。
3. 第一場景（衝突）：進入花園、竹林，金銀花藤。
4. 第二場景（緊張局勢加劇）：男孩玩起捉迷藏；我在放乾的游泳池中跳舞，黑暗的窗戶。
5. 第三場景（緊張局勢加劇）：有人出來驅趕；男孩逃跑。

6. 第四場景（故事的高潮）：我躲在游泳池裡，等待。
7. 結局：我逃跑了。
8. 結論：花園仍然是一個秘密。

將故事大綱寫在故事專用的筆記本中，或是索引卡上，也可使用故事板。**關於講述故事的更多工具和技術，請參見第四章，當中有故事地圖、心智圖和故事板，以及講述故事的基本步驟。**

「說故事的七個步驟」最初是「文字編織：講故事計畫」（Word Weaving Storytelling Project）的一部分，貫穿其非常成功的師資培訓課程。這些課程揭開說故事技藝的神祕面紗，並將其拆解為簡單易學的步驟。

練習與提示：童年與青少年

故事線：時間軸

1. 在你的童年歲月中任選一年。選好這一年後，盡可能蒐集能夠幫助你回憶的東西：相簿、童年的玩具或是在那個時代收到的祖傳物品。
2. 閉上眼睛，回憶當年的影像。讓它們在腦中隨意閃現，然後尋找那一年的重要事件。選擇一個造成問題、衝突或緊張或是很戲劇性的時刻。
3. 花一段時間專注在這事件上。動用你所有的感官來覺察、感知。感受你的情緒。回憶你的想法。
4. 將這些印象組成一個故事曲線：影像化第一個場景，觀察從頭到尾的劇情發展。
5. 快速地在筆記本中記下故事，使用你自己的代碼或速記符號。可以用草圖或其他的圖像，這將會持續在你腦海中解鎖你對這個故事的記憶。
6. 把這故事講給一個親密友人或親戚聽。講故事時，試著將原始事件的影像、細節、感覺和感知拼湊起來。
7. 要試著去講故事，而不是去談論它。在講故事時，必須要充滿新鮮感和即時性，就像是在當下發生的。

跟隨情感起伏

1. 如果一件年少時代的事件仍然讓你感受到情感起伏，當中勢必含有衝突或張力。
2. 回憶一段年輕時讓你感到恐懼的時光。
3. 回憶一段年輕時讓你感到傷心的時候。
4. 回憶一段年輕時讓你感到很快樂的時刻。
5. 回憶一段年輕時讓你感到驚訝的時候。
6. 回憶一段年輕時讓你感到好玩有趣的時候。
7. 回憶另一段讓你感到快樂的時候，以及另一段感到悲傷、驚訝或害怕的時候。
8. 現在，請從這些時光中回想一個事件，一件你會想要把它發展成故事的事件。
9. 專注在這事件上，試著再去經歷一遍，然後睜開眼睛。

你可能會想要在腦海中重播這個故事中的事件幾次。這時，你可以試著記起對事件的感官意象、感受當時的情緒，並重演當時對話。

故事高手的秘訣：童年與青少年

說故事的藝術是超越年代與時間的，橫跨每種文化。尤其是童年和青少年時期的個人的敘事，可以在其普遍的訴求中，填補不同時空所造成的許多差異。透過人生早期的故事，我們可以學習彼此的共同點、面臨的挑戰，以及每個人的獨特性。在各自的時空場景中，我們能夠對彼此的生活產生共鳴，揣摩彼此的心態。

此外，每個說故事的人在選擇和創造個人故事時，都有一套自己的方法，並沒有一種固定的套路。在下面三個故事範例中，我們將會看到其他作家如何從構思到精心打造一則故事的歷程，他們有的是作家兼說故事高手，有的是傳記作家和散文作家。閱讀這三種方法和故事摘要時，試著思考你自己的故事，以「青少年時代」為主題進行發想。

創意發想

莎拉．埃特根．貝克（Sara Etgen-Baker）寫過一百多篇回憶錄和個人敘事文章，其中許多篇獲獎，分別發表在電子雜誌、部落格、文選和雜誌上，包括「女憶網」

（WomensMemoirs.com）、「保存網」（Preserve）、《心靈雞湯》（*Chicken Soup for the Soul*）、《路標》（*Guideposts*）、《兩人桌》（*Table for Two*）、《從內到外：關於女性的真相》（*Inside and Out: Women's Truths*）、《女人故事》（*Women's Stories*）以及《時代曾經改變：女人記憶中的六〇和七〇年代》（*Times They Were A-Changing: Women Remember the '60s & '70s*）。

穿越時空的沙漏

莎拉．埃特根．貝克

就像沙漏中的沙粒，回憶和許多瞬間，流進我的心坎裡，這過程很有趣。通常，我覺得自己像是個考古學家在時光之沙中挖掘和篩選，狂熱地尋找一個可以講述的故事。就像優秀的考古學家那樣，我學會要對此抱持耐心，因為這項工作真正的挑戰不是篩選，而是去發現要講什麼故事。我自然而然地會選能感染他人情緒的事件或故事，再不然就是當中有個令人難忘的人物、一個轉捩點、一個要傳達的訊息，或是某種普遍的真理。最後，我希望我的故事能夠超越時間，帶來一個頓悟的時刻，讓這故事對讀者產生意義。

在構思故事時，我會先設定場景，並且描述發生了什麼事，包含種種喚起感情的細節。我介紹一個展開旅程並充滿衝突的人物，即使只是一個小配角。我會著重在我故事人物的一些關鍵特徵上，讓讀者可以深入了解每個角色。我會用關鍵時刻來發展情節，不斷加劇張力，並建構出一個故事曲線和結局。我會採用對話的方式，盡力去展現而不是直白地講述，以此將讀者帶入故事深處。

從莎拉的方式來看，顯然她有過打造故事的經驗，她努力影響讀者或聽眾，使他們產生一些變化。儘管她分享了一些標準技巧，包括從場景開始，然後添加角色、情感和對話，但她也提出在建構故事時，應該環繞在展開一場旅程的概念上，以此來發展故事曲線。莎拉對一段旅程、一則訊息很感興趣，並且對這一旅程有深刻的看法，認為這好比一場探索。我們可能預期主角最終會去到另一個地方，與故事開始的地方不同，而讀完故事的我們或許也是如此。

打造故事

遊樂券

莎拉・埃特根・貝克

童年的夏天，我會去和我那特立獨行的貝蒂阿姨一起住一陣子，她經常叫我做一些讓我不是很自在的事。好比說，在一個夏天的傍晚，她帶著我弟弟和我一起去密蘇里州吉拉多角（Cape Girardeau）外的市集。

「你要有票才能坐！」管理員叫喊著。「每張椅子只能坐兩個人，你們其中一個要自己坐。」

「她比較大，她可以一個人坐。」

於是，我顫抖著坐進去，將座位上的安全桿拉下，關好。摩天輪開始旋轉，慢慢啟動。我下面的土地變得越來越小。當我上升到頂部時，摩天輪剛好停住。我上氣不接下氣地閉上眼睛。摩天輪顛簸了一下，又開始轉動，隨著它喀拉喀拉的節奏，我的思緒開始飛翔，飛到九霄雲外。當我們停下來時，我睜開眼睛，打開安全桿，跌跌撞撞地向後倒坐在地。

第二天早上，我陪貝蒂阿姨去上班，她在我前面擺了一臺手動打字機，將我的手放在歸位鍵上，完整做一次給我看。「這本是我的打字機說明書。你就按照這上面的說明來操作。」有好幾天，我就坐在鍵盤前練習，直到無聊不已。

她遞給我一盒印有圖片的明信片，建議我：「為什麼不用這些圖卡來創造一些故事呢？」

整個夏天，我打了好幾個故事，然後將它們裝在鞋盒裡帶回家，上面還貼上「鞋盒故事集」的標籤。

之後，我完全忘了我的鞋盒故事集。直到有一天，我在父母家的閣樓中發現了鞋盒，打開一看，才認出這些褪色的文字和圖片。這時我才明白當年貝蒂阿姨時給我的不只是一張坐摩天輪的遊樂券：她還給了我一張門票，讓我得以超越常規，擺脫恐懼，進入充滿期望的生命，在那裡釋放自己的精神，且獲得不少啟發與靈感。

即使在這樣簡短的故事摘要中，我們也能感覺到一場旅程和個人強烈的轉變。儘管沒有多加解釋，但透過感官意象和對話，作者展現了數個關鍵時刻。來自未知地方的明信片則超過它們最初的預期目標，成為怪阿姨給小女孩一張通往想像力的票券，這讓莎拉可以踏出日常生活的界限。請注意，這故事的細節都很稀鬆平常：摩天輪、鞋盒、打字機、明信片與暑假。這些平凡物件的組合要如何變得神奇，甚至可以產生轉變的力量，都取決說故事的人賦予它們的意義。

我們有種感覺，莎拉希望我們打開自己充滿想像的故事盒，將那些曾寫在「明信片」上描繪難忘時光的故事記錄下來。透過這個過程，我們或許可以認識自己的旅程：曾經去過的地方以及我們的方向。與他人分享我們的故事，不僅是在鼓勵我們的聽眾，也為我們的生活增添新的層面。莎拉出版的故事非常受歡迎，她因此應邀前去阿肯色州小石城的「窮困藝術家咖啡館」（Starving Artist's Café），在那裡朗讀她的「遊樂券」。

創意發想

雪柔・畢茲—布特（**Sheryl J. Bize-Boutte**）是一位奧克蘭作家，她的作品巧妙地傳達出生活和種族政治中的深層含義，但又不會太過突兀地跳脫她的敘事。她的第一本書《一塊半：一個嬰兒潮世代者的旅程遊記》（*A Dollar Five: Stories From A Baby Boomer's Ongoing Journey*）獲得「生動又充滿想像」以及「不可思議」等好評。她的新書《為了2:10而跑》（*Running for the 2:10*），是《一塊半》的續集，更深入地探討她在奧克蘭的青少年歲月，以及當時遇到的種族和膚色等問題。

雪柔．畢茲—布特

幾乎我所有自傳性質的著作都採用短篇小說的形式。最初在撰寫我青少年時代故事所考量的有：

- 在記憶中找到哪些關鍵事件，日後有助於我塑造自己並繼續形成我的獨特性。
- 在我記得或可以研究的背景、人物和周圍環境中，有多少是在過去很重要的相關事件。
- 在短篇故事的篇幅內，我能怎樣以適當的用字讓內容豐富。
- 我有多想要與他人分享這個故事。

寫故事時，我就遵循上述原則，任其發展。在寫作的時候，我認為最重要的一件事，就是將這些視為**我的**記憶，它們是我的聲音，是在我準備好要講的時候才講出來的。這在寫青少年時期的故事時很重要。如果一個作家在述說她的真實，這些就是她的全部。完成之後，我再戴上我專業作家的帽子，就清晰度和意義的完整性加以編輯。當我完成並再讀最後一次時，若是這段記憶讓我流淚哭泣，眉頭深鎖，會心一笑甚或放聲大笑，我就知道自己寫好了。

雪柔選擇故事的歷程正好說明構成個人敘事中好故事的要素：關鍵事件、真實性、獨特的聲音和情感基調。不過，在她的選擇中，還有另一個重要的標準，即歷史和社會背景。身為非裔美國人，她選擇將定義她青少年的社會問題當作是故事的一部分，而不予以忽視。這不僅在每個故事中增加了她的真實身影，也讓我們能夠認同她的經歷，並且得以從她的角度來看種族隔離的問題。她這種清晰而真誠的做法展現出她講故事的天賦。分享個人故事可以打造一個了解文化和種族的平臺，而且這本身就是一種力量。

打造故事

一塊半

雪柔．畢茲—布特

身為一個十二歲的非裔美國女孩，在一九六〇年代加州的奧克蘭成長，我能體會到歧視的微妙和嚴酷——這總是顯而易見。這時期的奧克蘭，距離東歐白人大遷入還有約三年的時間，而在我家鄉那些較為人熟知的民權運動抗爭活動，在這裡只是一陣耳語帶過。

> 儘管這是一個緊張又動盪的時代，奧克蘭仍然相當多元，我的同學幾乎來自各種背景和膚色。當時我最好的朋友是白人。她和我大部分時間都無視我們周遭正在發生的變化，並且覺得我們的情誼不會輕易遭到破壞，不會因為晚間新聞報導的那些愚蠢大人難以相處的問題而變質。我們一直都這樣想，直到命運降臨在我們面前的那天，那是我們第一次去看電影，那天她和白人孩子坐在包廂區，而我和黑人孩子們坐在樓層區。當我們到達附近的劇院時，這種隔離是自動產生的，而且我們別無選擇。但這對兩個朋友來說不是正確的選擇，我們知道我們不能坐在一起，所以我們在電影播放期間一直待在自己的位置。我們沒有考慮過這將對我們產生怎樣的感受。不過，徹底改變我和她的人生的是那天電影結束後她所做的決定。對她及她的立場的記憶，日後便成為我的短篇小說《一塊半》的基礎，也是我第一本書的書名。

在這個充滿戲劇性的故事摘要結尾，雪柔把我們搞得一頭霧水。但是，如果我們仔細思考一下，可以想見當時發生的事，猜測她朋友決定採取的立場，儘管文中可能沒有用很多字交代。雪柔沒有明講出來，卻讓她朋友無名的勇氣產生更大的影響。我們必須走進那個故事裡，走到那個時刻，用我們自己的同情或正義感來填充這之間的空隙。儘管如此，我還是得買《一塊半》的電子書。書中的結局與摘文同樣微妙。這讓我明白，小小的行動也可以英勇地創造變化，勇敢與朋友站在一起可以發生在一個簡單的尋常時刻，改變一切。我也注意到，在上面那篇摘文中，雪柔巧妙採用了兩種聲音來介紹她的故事——一個是少女的她，一個是成年的她。而成年的她，以旁白的方式出現在故事的開頭與結尾。身為一位表現力極好的故事高手，雪柔在朗讀自己寫作的短篇和詩，不意外地獲得滿堂彩並獲得讚譽。

故事的母題

讓我感到吃驚的是，在這兩位作者的故事中，她們都用到一個類似的母題，即**票券**。母題（motif），是一種文學手段，一個具有象徵意義的重複敘事元素，在作品中與「主想法」（big idea）相連在一起。在這兩個故事中，票都是字面上的意義，是為了搭摩天輪和進電影院而購買的。然而，這兩個說故事的人都重複使用相同的模式或母題來當作象徵：一張打開門（或柵門）的票，讓人通向更寬闊廣大的世界。莎拉・埃特根・貝克和雪柔・畢茲—布特並不相識，兩人相距數千里遠。這只是碰巧嗎？還是另有緣由？

口述傳統中有些慣用模式，似乎沒人能解釋得清楚明白。在第五章，我們將會從另一個角度來看母題，以及全球各地世代相傳的民間文學中的其他元素。你可能會驚訝地發現，在自己的作品中也會出現這樣的故事母題，甚或是原型。

這兩位的個人故事中，都是在青少年故事中使用票券的母題，或許我們可以從中受到啟發，當作是自己故事中的一個提示：在年輕時，何時有過因為一張前去旅行的機票或一場活動的票券，而改變你的人生？

創意發想

李靜（Jing Li）來自中國。她即將出版的回憶錄《紅涼鞋》（*Red Sandals*）描述在青少年時期的她，如何在這個貶低女嬰的國家中存活下來的故事。她的母親墮胎未果，生下她後就拋棄了她。最後，李靜是由她當農民的奶奶撫養長大，但她的奶奶也認為女童毫無用處，支持殺害女嬰的想法。後來，李靜自己結婚生子，當她生下一個女孩時，她公公向她施壓，要求給她的小女兒注射致命藥物。她描述這段個人際遇的述事贏得很多獎項，包括由舊金山作家協會（San Francisco Writers Conference）贊助的「舊金山徵文大賽」（San Francisco Writing Contest）大獎、加州作家俱樂部紅木分會「回憶錄徵文」（CWC, Redwood Branch Memoir Contest）首獎、赫爾蒙山作家協會（Mt. Hermon Writers Conference）的「真實砂礫獎」（True Grit Award）以及「加州作家俱樂部傑克倫敦作家大賽」（CWC Jack London Writers Contest）非虛構類的第二名。李靜的個人故事已刊登在許多文選中。

李靜

在寫了幾篇童年故事後，我變得焦躁不安。到底該如何從龐雜的年少記憶中挑選故事，打造我的回憶錄呢？一位教授撰寫回憶錄的老師對我說：「嗯，繼續寫就對了。」那是在一九九九年，那時幾乎沒有什麼回憶錄的撰寫指南可參考。

所以，我就繼續盲目地寫下去，一次一個故事，沒有按照時間順序或抱持特定目的，就是想起什麼寫什麼，寫下我急欲分享的下一個故事。經過八年這樣的隨意寫作，同時還有一份全職工作的情況下，我逐漸看到了我回憶錄中的模式或主題：生存、韌性和勝利。這個主題讓我二〇〇七年第一次獲得美國作家獎肯定——那次我在加州作家俱樂部傑克倫敦作家大賽中拿到第二名。

寫作時，我會想到我的讀者。想到他們感同身受地點頭稱是，想到他們充滿鼓勵的微笑，都是在治療我受到創傷的童年。充滿善意的作家同行給了我正面回饋，還提出許多帶有洞見的提問，這又繼續觸發我的回憶，滋養我的思維。在我這二十年的寫作生涯中，幾乎所有我回憶錄的篇章都受到他人啟發，有些是在幾十個作家的評論小組中，也有些是在現場活動和作家研討會上。

李靜開始撰寫個人敘事時，回憶錄剛好成為一種新的寫作類型，她的寫作動機單純來自一股衝動，想要透過寫作來理解她在中國的生活。顯然寫作社群為她提供了一群現場聽眾，聆聽、批評以及協助她修改。李靜從事教育工作，不論是在現場活動，或是在評論小組中，這樣的背景讓她有信心站上舞臺，分享她的個人經歷。她願意在現場聆聽批判，這意味著她不僅下定決心創造精心修改的故事，還想要立即獲得回饋。她得到寫作圈的支持和認可，也勇敢接受批評。

打造故事

我之所以選擇〈我與老爺爺的童年歡笑時光〉（My Childhood Laughter with Lao Ye Ye）這則故事，是因為我自小生長在一個中國的偏遠山村，是個沒人要的農家女孩。在這段艱難的成長歲月中，與老爺爺一起的歡笑時光是我最開心的時候，在我晦暗不明的年少歲月中，那宛如一顆閃耀的稀有珍珠。在那段日子裡，快樂就和食物、水或衣服一樣少。沒想到這故事一直廣受我的聽眾喜愛。我一路從加州講到威斯康辛州和愛荷華州，在許多現場活動中，跟上百人講這個故事。

真正的挑戰是要將我「糟糕的初稿」——有人曾這樣形容它——打造成一個精彩故事。寫稿時，我不斷努力地回想，設法盡可能地原汁原味記錄下我們的對話，描述當時的場面和歷史背景。之後，我會向後退一步，擱置幾天，甚至是幾個禮拜或數週數月，再回頭編輯、潤飾和修改，就像從原石中鑿出一顆鑽石。重點在於精簡。這就是我在這趟撰寫回憶錄的旅程中，堅持到底和獲得勝利的訣竅。

李靜

我與老爺爺的童年歡笑時光：摘要

我的曾祖父，我管他叫老爺爺，他一生都在麥田裡辛勤勞作，直到失明為止。他只能待在家裡，成了不到一歲的我白天時的避難所。

我最快樂的記憶就是和老爺爺玩我們最喜歡的遊戲「老爺爺上大街」，我們總是在笑。我會掂著腳尖，一邊偷偷地笑著，一邊將我失明的曾祖父直接帶到院子的死角。

「這不是大街啊！」老爺爺表現得很驚訝，他用拐杖敲著鵝卵石砌成的牆。我放聲大笑。「你騙了你的老爺爺。過來，我親愛的小壞蛋。」老爺爺張開雙臂，等著用他充滿關愛的擁抱來回報我。

五歲的時候，我的歡笑時光隨著我最心愛的老爺爺一起下葬了。

儘管李靜把這個最受歡迎的故事壓縮得很簡短，卻產生了很大的衝擊。正如李靜所言：「重點在於精簡。」每個細節都是重要的，並用在設置場景、打造特徵、結構和最終的結局。在這簡短的介紹中，我們得知她的故事背景是在中國一處偏遠的山莊。她是個不被期待的孩子，一出生就遭到忽視；農民的生活非常艱苦，永遠處於貧窮和辛勞之中。然而，這裡展現出兩個遭到大家庭拋棄的成員間的連結，如此溫馨又超然。李靜的故事風格之所以動人，是因為她走出故事框架。以生動的對話讓人直接進入劇情，我們突然間就置身現場，能夠心領神會地感受到小小孩的假裝遊戲和老人家的寵愛。正是這種鮮活的共通性，讓這則故事總是成為大家最喜愛的故事，因為它記錄了在一片荒蕪中的珍貴童年時光。

冒險故事

我們的世界正在縮小，可以說大家都住在一個地球村裡。隨著即時新聞報導以及前往遠方的運輸方式進步，人與人之間的連繫比以往任何時候都來得緊密。但是，我們有因此而對人、文化和歷史產生更多的了解嗎？當我們踏上熱門旅遊路線，或是前往遠方旅行時，其實就是在親眼見證地球的奇蹟。如果旅行時我們不僅是拍照和買紀念品，還把旅程記錄下來，轉變成的精彩的冒險故事，那就可以在我們的經驗中，增添一個獨特的視角。在故事中分享我們在各地所學的見聞，可以填補各個文化間的鴻溝，並且娛樂我們的聽眾。

吟遊說書的歷史非常悠久，過去經常有人巡迴各地講故事，以充滿異國情調的旅行經歷和口述歷史來換取寄居一個家庭或村莊的食宿。在平面媒體或社群媒體出現的很久以前，這些說故事的人就是一套活生生的網路，全球各地都有這類人的存在：在俄羅斯傳統中，他們叫「kaleki」，在非洲是「ntsomi」、在日本是「yose」和「kodanshi」、德國是「Bankelsanger」、印度是「dakkalwars」，更不用提在美洲原住民如克拉克馬斯族（Clackamas）、奇努克族（Chinook）、納瓦霍族（Navajo）、希卡里亞阿帕奇族（Jicarilla

Apache）和溫尼巴哥族（Winnebago）等不同部落間，全都有這種說故事的人。所以，你當然也可以加入這傳說中的吟遊詩人的行列，以你的旅程和壯舉吸引你的聽眾。

但是，我們要如何從最近的旅行或探險活動中所累積的數百張照片、影像和印象中，打造出深具吸引力的故事？這其實與我直覺想到的剛好相反——敘事的焦點最好放在人物身上，而不是地點。啟動你眼中的雷射來放大那些在充滿張力的時刻——你所遇到的人，或是你的旅伴。若你僅是以一系列的照片來講述你的旅程，整個故事線就會單調乏味。按照次序講述你在何時去到何地，只會讓聽眾感到無聊，因為你並沒有對自己的經驗加以反思，因此不會深化講者和聽眾雙方的經驗。

就像童年故事中的場景可以很吸引人一樣（把聚光燈打在你的起源），冒險故事之所以值得講述，也是因為當中充滿戲劇張力和有趣人物。當你在回想旅途中所遇到的人時，想想他們的對話，他們的講話方式、個性和風格。即使你不必全用上這些細節，也可以從中選取一些。一旦你將注意力轉移到人物身上，而不是地方，就會有一個好的故事開端。

過去吟遊詩人經常是以詩歌形式來講述充滿戲劇性的英雄故事。**沒人期望你以詩歌或歌曲來表達你的故事，但我們確實希望能從中獲得娛樂和驚奇，能深受故事吸引，度過一段美好時光。**

打造故事

在腦中搜尋冒險的回憶時，試著將它們播放出來，投影在腦內螢幕上。看看當中有哪些人會引起你的注意？哪些人物——而不是地方——最吸睛？然後思考一下，是什麼讓他們如此難忘。也許是因為他們說了什麼睿智的話，也許是他們造成某個危機，或是帶來難忘的時刻。

再回想一下你去那裡的目的：為什麼要前去旅行或探險？要是你能坦然回答這個問題，就可以找到你講故事的目的。探險或旅行的常見原因是為了開拓視野，改變自己的觀點，認識新文化，為生活增添深刻的層次，或是學習新技能。若這當中有些是你出發的原因，那麼添加這些豐富人生元素的故事將會影響聽眾們。聽眾會想要知道你是如何改變的，也就是說，你要找出哪些重要機遇值得與他人分享。

要讓一則冒險故事具備引人入勝的基本要素，可以先回答下列問題：

- 在你的旅行中，有哪些時刻最讓人激動？
- 人物：有誰在那兒？試著描述他們。
- 有誰或有什麼威脅到你的生命或健康？

- 當時說了什麼？試著回憶對話。
- 故事曲線為何？衝突、劇情鋪陳、緊張情勢、結局？
- 你從中學到了什麼？或是當時你有什麼疑問？

要是你的記憶無法提供這些要素，那麼這就只是一個小插曲，不是一則完整的故事。若是你在晚餐時講這個故事，你離開時會很空虛，你的聽眾也是。

舉個例子來說，當我在記憶中搜尋一次野生探險故事時，我專注在一場前往厄瓜多外海的旅行，那次我去的是加拉巴哥群島（Galapagos Islands）。這地方因為啟發前去調查的查爾斯·達爾文（Charles Darwin）提出演化論而聲名大噪，但這裡仍然是一處偏遠而原始的地方。在我腦海中浮現的場景是：

一天早上，一位博物學家前來與我們共進早餐，在七十二英尺的單桅帆船的船艙裡，他說他有個小驚喜要給我們，但要我們保證絕對不能出聲。我們十個人爬下我們乘坐的潘加船（panga）的船舷外，弄得一身濕之後，登上一座無人島。他示意要我們躲在沙丘後面等待。慢慢地，那片通常在夜間形成的薄霧開始消散，就像劇院中的布幕升起一樣，這時數百隻在內陸潟湖中捕食磷蝦的的紅鶴出現在眼前，閃耀著鮮豔的粉紅色。在淺水中牠們上下顛倒的頭讓我想起了《愛麗絲夢遊仙境》中的紅鶴——愛麗絲在槌球比賽中，把牠們的頭當成槌子。

毫無疑問，這是一段迷人的回憶，但這能夠讓人產生什麼轉變嗎？這絕對值得以簡報來展現，因為它展現了一個迷人的場景。但即使有一些互動，並且指涉到一部文學作品，但還不足以越過成為故事的門檻。這裡沒有衝突——毫無戲劇性。這是段令人愉悅的小插曲，完全平鋪直敘。

與旅行中的以人為中心的記憶對照，當中有人物和他們各自的問題和衝突，這段描述就變得更戲劇性，而這座群島則成為故事的背景。理想而言，就這地方的象徵或歷史意義來說，這可以成為劇情發展的一個重要組成，甚至是另一個角色。

一九八〇年的那場聖誕節海上之旅

「叛變！」他們一邊喊叫，一邊朝著在單桅帆船主甲板上的我而來。「我們要叛變！」我看到一夥四人從船艙出來，在黑暗中越過搖曳的船。我這邊毫無可藏身之處，只能一邊聽他們的怨言，一邊在海風中拉起我的露背衫。

「為什麼我們會在平安夜被困在這裡，遭到那博物學導遊拋棄？」艾琳問。

「是啊！所有導遊都下錨，把船固定好後上岸去開派對了。這樣真的很不對勁。」她的朋友附和。

我們和其他幾艘遊船停泊在加拉巴哥群島中的聖塔克魯茲島（Santa Cruz）沿海，這裡可說是地球上最遠離人煙之處，達爾文就是在此發展出他的演化論。

「那麼，你們希望我怎麼做？」身為他們指定的護送導遊和唯一會用西班牙文溝通的人，我不安地環顧四周。

「聽到那些鼓聲嗎？我們想去跳舞！那裡有間屋頂酒吧，還提供現場音樂表演，就在阿約拉港（Puerto Ayora）。看看這一家！」丹叫我拿他的高性能雙筒望遠鏡觀察海的那一邊。

「好吧，好吧！我去找船長談談，問他有沒有辦法找人能開潘加船載我們過去。但這也許要花一筆錢。」我換上夏天的洋裝，幾分鐘後，我們五個人就在學院灣安靜的水域中呼嘯而過，船長大削我們一筆，然後把我們放在一個木製碼頭上。

在凹凸不平的屋頂上，我們坐在樹樁上，圍繞著一張小桌子，在這悶熱的夜晚喝著啤酒，慶祝我們的叛變成功。不斷換著舞伴，我們隨著樂團的音樂以及生動的鼓聲跳舞。喝完啤酒後，我們開始喝蘭姆酒和可樂。但這間俱樂部在午夜彌撒前就關門，於是我們一邊聽著為聖誕節而敲響的教堂鐘聲，一邊在這座荒蕪的島嶼小徑上徘徊。

艾琳在岩石上跌跌撞撞地走著。「哦不！他現在一定在教堂裡唱歌。」艾琳苦戀一個她合唱團中的同性戀朋友，她邊哭邊唱著：「他永遠不會像我一樣愛他一樣愛我。」她的哀號刺穿了這個寂靜的夜晚。

「噓！現在得去碼頭找船長，時間到了。」我說。於是大夥乖乖地走向碼頭，在那裡等著，等了好一陣。沒有人來——我們又被困住了。

現在該怎麼辦？我知道他們希望我做點什麼。他們朝著一個獨自站在碼頭盡頭的女人走去，她穿著一身黑，留著一頭黑髮，是個厄瓜多人。我用我破爛的西班牙文向她打招呼，跟她解釋我們的困境。

她很害羞，和善地低聲說道：「Mi esposo viene— te llevará.」[1]

她說她的丈夫可以帶我們回到船上，並向我們這群遊客招手，我向她表達我的謝意。這時水面上形成了一陣濃霧，聽見汽艇低鳴作響的引擎聲音時我感到一陣緊張。不過那是艘悄然出現在霧中的長艇，駕駛正是那位傳說中的古斯．安格梅耶

1　編注：西班牙文的「我丈夫來了，他會帶你去的。」

（Gus Angermeyer），他是第一批來此定居的住民，是在一九三〇年代為了逃離德國納粹而遷居至此。我猜在登船時，我太滔滔不絕了。當抵達單桅帆船時，我不斷地跟他道謝。

「啊！你話太多了。」古斯笑了。我把這話解讀成**不用客氣**。

上船後，我去找船長。我發現他在操舵室裡，泣訴著自己與妻子、家人分隔兩地。原來他只是一時情緒湧上，又喝了酒，我也不好責怪他什麼。我沮喪地回到主甲板上，獨自一人回味這個夜晚發生的事，以及人類的演化。

渴望是演化的產物嗎？我們是否一直在企盼我們所沒有的？這就是為什麼我們會穿上橡皮靴渡海而過？因為我們渴望更多？因為我們想要唱歌跳舞，想要愛，是這樣嗎？

又或者是——只是因為我們話太多了。

打造故事

在寫這個故事時，我花很多時間閉目構思，讓往事在腦海中一幕幕的上演。令我訝異的是，我幾乎立即就回想起那時遇到的人，想起他們的樣貌與長相，還有當時的對話，恍如昨日。顯然，這是個難忘的平安夜。故事發生在一個舉世獨立人煙罕至的野地，我們待在一處前不著村後不著店的地方，這樣的場景確實更加凸顯這份經歷中的脆弱無助感。我被留在船上，和一群要求很多的奧客在一起，身為負責任的成年人，讓我倍感壓力。這些烙印在腦中的印記，宛如一種情感電荷，以閃耀的光芒照亮了那天夜晚。

雖然我能想起個人戲劇化的部分，但我對於確切的地名和背景事實已不復記憶。尤其是關於安格梅耶的事蹟，我只知道他從納粹德國逃亡出來的零星片段。在稍微調查和搜尋後，我發現這群年輕人是在父母的敦促下逃離德國。一九三五年，安格梅耶賣掉了自己的房子，把錢拿去買遊艇，載著五個兄弟從漢堡出航，逃離希特勒。他們先是去了荷蘭，卻在英格蘭外海發生船難，只有四人活下來，去到人煙稀少的島上。一九三七年，安格梅耶四兄弟，卡爾、古斯、漢斯和弗里茨到達聖克魯斯島，像魯濱遜·克魯索（Robinson Crusoe）一樣在這裡生活。在弗里茨去世後，存活下來的三兄弟想要在戰後的加拉巴哥群島開創一番觀光事業。

我作為敘事者，有必要了解這些知名定居者的背景故事。這彰顯出他們的神祕感；古斯是如何神奇地來到現場救援，這樣一位福大命大的人是如何輕鬆地划船載著我們所有人離開，為什麼他的寥寥數語會產生這麼大的衝擊力。同樣重要的還有那艘單桅帆船以及這些知名島嶼，船身的種種細節和島嶼的獨特歷史地位都值得書寫。一旦找到相關訊息，我的記憶就又再度浮現，只需要在當中增加幾個關鍵細節、情節和人物，故事就變得鮮明。

意義層

這場冒險故事發生的島嶼是一處與世隔絕的土地，在那裡人類是遊客，而野生動物很和善。在赤道炙熱的陽光下，搭配著粗糙的熔岩，這些島嶼本身構成了我故事中的一個「角色」。它們讓我想起地球生命起源的大圖景，想到人類作為一個物種的存在，以及我們的方向。在我看來，那些昔日為人所觀察的加拉巴哥群島上的動植物，讓我們睜開眼睛好好觀察，衡量我們身而為人的進展。

在西歐文化中，平安夜長久以來都是非常重要的節日。除了宗教意義外，也是最令人期待的假期。這故事中的人物角色們覺得自己被騙了，他們希望聖誕節的這場遊船之旅能讓他們享受節日的歡樂。聖誕節所喚起的情感訴求是相當普遍的，有思念、眷戀還有遺憾與失望——基本上就是我們過得還不夠好。在這個故事中，假期的存在感相當強烈，儘管地點是發生在赤道上，那裡完全沒有季節變換或是晝夜長短的變化。

所有這些層次都是這則故事的一部分。訣竅是在講故事時賦予故事意義，但不是在字面上，而是隱含其間。故事的情感基調取決於字裡行間的意味。在構思個人故事，發現當中所含有的意義層次，就可以將這些語調和寓意納入其中。

你在這個冒險故事中所賦予的意義，將會決定故事的風格和基調，以及你講述這故事的方法，還有會在哪裡講這個故事。同一個故事可以透過幽默、緊張或深層反思的語調來講述。就像變色龍一樣，故事可能會因為你所講的場合而發生變化：在晚餐桌上，在營火旁，或是在較為正式的演講中。它可長可短，就像單筒望遠鏡那樣伸縮自如。

無論你是在何時何地講這個故事，都要準備好不斷刪減元素，直到抽解出其精髓。唯有將所有的書面草稿簡化成一組簡單的關鍵字或圖片，才可以在不用逐字背誦的情況下講述這個故事。這就是口述傳統的靈活與彈性。

講述故事

列出故事大綱，將細節拆解成故事曲線的關鍵字。

以〈一九八〇年的聖誕節遊船行〉為例：

1. 場景：加拉巴哥群島的聖克魯斯島，一九八〇年的平安夜。
2. 人物角色：船伴、船員、島民、古斯．安格梅耶。
3. 第一場景：當我們的單桅帆船在學院灣下錨停泊時，一群人決定叛變。
4. 第二場景：賄賂船長，駕駛潘加動力小船帶我們上岸。
5. 第三場景：在屋頂俱樂部派對。
6. 第四場景：在幾小時的徘徊和哭泣後陷入困境。
7. 第五場景：古斯．安格梅耶駕著他的長艇從霧中現身。
8. 第六場景：喝醉的船老大在操舵室哭泣，對一切茫然不知。
9. 結局：回到主甲板上，思索著渴望是否也是演化的一部分？

注意在每個場景中的劇情鋪陳，以及在主要劇情及其結局中的模式。將故事大綱寫在筆記、索引卡上或故事板上。

關於更多講故事的準備工具以及講演技巧，請參閱第四章。

「說故事的七個步驟」最初是「文字編織：講故事計畫」（Word Weaving Storytelling

Project）的一部分，貫穿在他們非常成功的師資培訓課程中。這些課程揭開說故事的藝術的神祕面紗，並將其拆解為簡單易學的幾個步驟。

練習與提示：冒險故事

故事線：角色基準

1. 根據你的行程來為你的冒險或旅行建立一個時間軸。
2. 標示出遇到有趣人物的時間點。
3. 盡量詳加描述他們的種種細節，包括對話在內。
4. 確定他們在你這趟旅程中的意義。
5. 記下當中的互動和戲劇性情節。
6. 列一張你在旅途或冒險中遇到的人物表。
7. 在筆記中記下他們的名字或角色。

跟隨劇情

把時間軸放在手邊，看著照片、影片或簡報，試著回想：

1. 一個緊張、衝突或恐懼的時刻。
2. 回想另一個恐懼或緊張的時刻。
3. 再想一個你不知道接下來會發生什麼事的時刻。
4. 想一想你困惑或迷路的時候。
5. 回憶曾經受到威脅或對峙的場面。
6. 想想你感到震驚的時候。
7. 回想一下你生病或發生意外的時候。
8. 想想很有成就感，或是成功展現自己技能的時刻。
9. 聚焦在一個具有完整故事元素的事件上。

選擇一個事件後，在腦海中重播幾次這個場面。這時，請留意有誰在那兒、他們的長相還有他們說的話。感受你的情緒，並決定好主要的衝突及其結局。接著開始為你的故事打草稿，用關鍵字和對話加以架構和添補。使用第四章中的組織工具來描述情節，並為講述做準備。

故事高手的秘訣：冒險故事

旅行作家知道目的地並不是故事。無論去到哪裡，他們都需要像新聞記者一樣思考，挖掘故事，有可能是透過實地訪談來尋找。但既然你不是旅行作家，而是一位旅人，因此與他人的相遇很可能都是隨機的。不過，你可以在一路上與人們接觸、攀談，發掘他們的故事。

無論你覺得自己的旅程有多有趣，或多麼具有挑戰性，也不會有人想要聽你鉅細靡遺地描述每個細節。請使用明亮的聚光燈，回想那些戲劇性的時刻。

在危機發生時，你甚至可能心生警惕，並在手機上記下幾個片段，或是錄製下這個事件。

每篇遊記都會使用一個能夠吸引人的「鉤子」（hook），這可能是一個事件，或一個主題。當你在爬梳整理自己的冒險回憶時，試著去找這樣的鉤子。有時，除非你好整以暇地認真思索，才會察覺到鉤子的存在。找到一個主題，就試著架構你的故事，加以發展。**你的聽眾將會對你的旅行故事永遠難以忘懷，因為他們會將其內化，宛如身歷其境，並且在想到你時就會想到這些故事。**

創意發想

麗莎．阿爾平（Lisa Alpine）是屢獲獎項的旅行作家、舞者和一位充滿野性的女人。她的冒險旅行遊記和從其他地方得到靈感所寫的故事散見在數位雜誌上。最近的獲獎紀錄：〈老巴黎〉（Ole in Paris）獲得「二〇一九年索拉斯最佳遊記金獎」（Solas Gold 2019 Best Travel Memoir）；〈科爾察修女的電臀舞〉（The Twerking Nun of Korce）獲得二〇一九年「最佳詼諧散文銅獎」（Bronze Best Humor）；〈上帝、鳳尾魚和火鶴地棲居之所〉（Where God, Anchovies, and Flamenco Reside）獲得二〇一九年的「榮譽提名」（Honorable Mention 2019）；〈甜蜜老奶奶和她的舞鞋〉（Sugar Granny and Her Dancing Shoes）獲得最佳女性遊記。她的〈魚販雷伊〉（Fish Trader Ray）這篇故事獲得「索拉斯年度最佳旅行故事銀獎」（Silver Solas Medal for Best Travel Story of the Year）。

流浪癖

麗莎・阿爾平

我的冒險故事是由我人生中一段段的旅行癖絲線交織而成的。我是一個不斷徘徊、讚嘆並寫作的女人。我的背包裡沒有存放紀念品的空間，但是我有可以分享的故事，迫不及待地想告訴大家。一直以來，我之所以出發和停留，都是為了要透過故事和舞蹈來轉譯這個世界。能運用這兩種藝術形式來表達人生，是上天賜給我最好的禮物。

我會建議你尋找自己的天賦以及熱情的焦點。不管是園藝、攀岩還是跳騷莎。圍繞著經驗中最寶貴的核心來編織你的故事，這都是由熱情所構成的。這樣如火的熱情會擄獲聽眾的心。熱情具有感染力，還可以點燃靈魂。

在選擇故事時，我會用上的其他準則有：

- 這符合時宜嗎？與世界上其他的活動或假期有關嗎？
- 我的聽眾是誰？是喜歡冒險的年輕女性？還是喜愛動物的小學生？是有自我意識的人，還是一群心靈導向的成長團體，需要一個具有洞見、啟發人心甚或是帶點神祕感的故事？
- 要花多少時間來講述？

屢獲獎項的旅行作家麗莎是個很好的例子，說明了讀者喜歡在冒險故事中感受到戲劇張力、熱情和激動。她不僅意識到讀者的需求，而且也明白自己作為旅人的需求。毫無疑問，她旅行時，不論是雙眼還是心靈都向世界敞開。雖然在你回來之前，可能都不清楚你故事的觀眾，但之後仍然可以根據聽眾的類型來修改旅遊經驗的材料，看是要講給家庭成員聽，還是專業團體。

打造故事

魚販雷伊

麗莎・阿爾平

當我走在萊提西亞（Leticia）木造的人行道上時，清晨的陽光已經將這座亞馬遜邊境的城鎮照得閃閃發光。大藍閃蝶（Electric Blue Morpho）成群地從雨水坑中飛來飛去，肥滋滋的混種狗在那裡晃來晃去，挑撿被成群馬蠅圍繞的魚骨堆。身上塗著阿奇特（achiote）這種紅色顏料的印第安人穿戴著羽毛頭飾和耳環，呼嘯而過，準備前往露天市場，他們帶著蜘蛛猴、黑色的凱門鱷、一身翡翠綠的金剛鸚鵲，甚至還有一隻發出嘶啞嗚聲看上去很害怕的美洲虎小寶寶，牠們有的被捆紮在桿子上，有的關在籠子裡，吊在印地安人的吹槍上，在那裡擺動著。

一個穿著破爛的足球短褲的麥士蒂索（mestizo）——當地原住民與歐洲人的混血兒——光著膀子將一條十二英尺長的蟒蛇放在肩上。他和我對上了眼，在我還來不及揮手請他離開前，他就將蛇纏在我的脖子上，抓著牠的後腦勺，確保牠不會咬人，然後說要幫我拍照收費。這隻爬蟲類的噸位不輕，重到讓人難受，還散發出蛇尿的味道，是種令人不愉快的刺激性氣味。當我看著牠的皮膚時，我注意到鱗片下有蜱爬出來。我向後一縮，從蛇緊縮的絞纏力中扭動出來。

這時，傳出來陣陣槍聲，穿破了碼頭上刺耳的叫鬧聲，這是來自河上那間搖搖欲墜，以高蹺架起的酒吧。這個橫行霸道的小鎮一下子震撼了我所有的感官，讓人想到耶羅尼米斯・波希（Hieronymus Bosch）所畫的地獄。帶有鹹味的汗水從我的臉上流下，刺痛了眼睛。我設法走去空無一人的主廣場，氣喘吁吁地坐在乾巴巴的棕櫚樹下的長凳上。我伸手到襯衫裡抓了抓，八成是有蜱從蛇身上跳下來，轉換到一個溫血的寄主身上。我在想要如何找到雷伊。他沒有電話，也沒有地址，他只是告訴我：「當你到萊提西亞時，只要找人問魚販雷伊在哪裡就好了。」

我示意請一個小男孩過來，他在空蕩蕩的廣場上的另一側踢球。「*Dónde está*

Fish Trader Ray?[2]」

這個男孩看上去很困惑，然後問：「是*Pescadero Raymundo*（佩斯卡德羅．雷蒙多）嗎？」

他叫我待在原處，然後跑進一條小街。幾分鐘後，雷伊騎著一臺不斷冒著黑煙的摩托車，載著妻子過來，還有幾個孩子抓著他寬闊的腰圍，看上去就像一串成熟的香蕉。

這篇故事摘錄自麗莎〈魚販雷伊〉，收錄在《野生生物：一位世間女子的旅行歷險記》（*Wild Life: Travel Adventures of a Worldly Woman*）一書中，**當中具有麗莎提過的許多讀者喜歡的元素，「包含殘忍的人物、危險、幽默（通常是自嘲）、動物、異國情調以及詩意的結尾」**。雷伊是麗莎前往哥倫比亞波哥大的第一天就遇到的熱帶魚商人。他們約好要在哥倫比亞的萊提西亞碰面，計畫一場沿著亞馬遜河的旅行。她的行文風格是在各種感官意象中跳耀，提供我們最令人震驚的印象。她巧妙地使用一些關鍵細節將我們引領到一個陌生的地方——插著羽毛的印第安人和帶著令人反感蟒蛇的光膀子混血兒。問問自己，在這段文字中最生動的細節是什麼：是蝴蝶？還是那隻爬蟲類？在簡單介紹了魚販雷伊後，你對他的亞馬遜河之旅會產生怎樣的期待？

創意發想

西蒙娜·卡里尼（Simona Carini）出生於義大利的佩魯賈（Perugia），現居住在北加州。西蒙娜撰寫非虛構類和詩歌，在實體書和網路上等出版作品，其回憶錄和美食寫作曾數次而獲獎。她的散文〈藍色背包〉（The Blue Backpack），於二〇一五年發表在《紅木作家文選：旅途》（Redwood Writers' anthology *Journeys*）上，並在二〇一六年由加州作家俱樂部轉載於《文學評論》（*Literary Review*）。

西蒙娜·卡里尼

我的寫作是從一個能夠引起鮮活記憶與情緒悸動的物件開始——是這東西想要

2 編注：西班牙文的「魚販雷伊在哪裡？」

訴說它的故事。故事的初稿是我所知道和／或回想起來的，重點會放在這物件上，由它當主角。我寫作時沒有預先訂定計畫，避免在還在寫作時就展開編輯。

在後續的草稿中，我會添加背景脈絡，來架構故事，增加感官細節使其更貼近讀者自身的經驗，並提供對話的片段，讓角色富有生命力。與此同時，我也會處理故事曲線以及那些推動敘事向前發展以及影響到角色的衝突或張力。這是在故事發展時能夠保持讀者興趣的秘訣。

我不會在一開始就問：「這故事是要講什麼？」但是在開始編輯之前，我必須找到這問題的答案，因為在編輯過程中，要保留和刪除哪些內容完全取決於這一點。

觀眾應該能夠對故事產生共鳴：這是最終修訂的重點所在。他們可能有過類似的經歷，認識有這種經驗的人，要不然就是在講述整個故事時應該以某種方式，與說故事的人產生一種親近感。

西蒙娜的寫作程序是以其種獨特的方式來展開個人逑事：一個物件。這樣的聚焦方式很容易與旅行或冒險經歷產生連結。可以是找到的一樣東西，或是一個買來的紀念品或伴手禮，這些都可能成為一個故事提示：將它拿出來，講個故事！比方說，如果你找到一個帶有千花設計的穆拉諾玻璃吊墜，並將它買了下來，你可能一開始會先描寫這物件以及它的歷史、製造技術，然後再加入你發現它的時刻，包括場景、人物以及那個地方的氣氛。在購買之前、期間或之後內心是否有過一場天人交戰，是否有過什麼緊張的局面？最後，要決定故事曲線——這東西的個人和／或象徵意義所帶來的啟示？是這吊墜所費不貲，但你還是願意多花錢的原因？還是這個吊飾造成你和旅行伴侶間的摩擦？在分享冒險故事中的某個物體時，可能要將這些納入，這樣就能賦予故事一層意義。

打造故事

藍色背包：故事摘要

西蒙娜・卡里尼

我在義大利出生長大，而結褵二十二年的丈夫羅伯特卻是個美國人。我們已經講過很多次我們相遇的故事。他總是很高興地講著那次決定我們命運的相遇種種細節，那是發生在阿姆斯特丹的一家郊區飯店，當時有場會議在那裡舉辦。他說當他在一堆與會人士的黑色登機箱中看到我那顆藍色背包時，就知道我是「那個人」

了，這讓聽故事的人感到驚訝不已。

等到我講這故事時，我也是從我的藍色背包開始講。這背包反映出我這個人，也是它撮合了丈夫和我，是我從義大利搬到加州的主要原因。我的決定讓我的父母驚訝不已，不過我搬到北加州後的生活也不符合我原有的期待。

藍色背包裡裝著我所有的一切。所有的移民，不論他們遷移的原因為何，都有為單程長途旅行打包的類似經驗。我必須決定要帶的東西：一件特別的衣服、一個絨毛玩具、我的鋼筆以及要留在家裡的東西。

這一切行李打包的準備，讓我步上一段漫長的洲際飛行，最終到達新家。我充滿新發現的生活開始了，我遇到了障礙：我絕佳的英文原來還不夠好，期望落空，而且與義大利的朋友聊天變得沒那麼容易。我靠著羅伯特的幫助和他對我的愛度過這些難關。

我內心的美國夢成真了，而這就是故事張力消失的地方。到現在我還留著那個藍色背包：背著它一起旅行，並且讓它繼續講述著自己的故事。

這些對個人有意義的事和浪漫史，竟然可以裝在一個普通的背包裡，真的很不可思議。不過，在和其他行李箱放在一起時，這個醒目的背包跳脫了出來——是對傳統的黑色輪式行李箱發出的鮮藍色反抗。即使在這個長話短說的濃縮版故事中，我們也可以感覺到兩個冒險家在阿姆斯特丹這場會議上的相知相遇。西蒙娜以這個背包來打包她的家當，從義大利到她位於北加州的新的心愛家園時，流浪的主題進一步被放大。她的流浪是違逆親朋好友的期望，遠渡重洋去尋求她的夢想。而且藍色背包的故事還在繼續。巡迴各地的說書人有使用「故事袋」的民間傳統，裡面裝著能夠代表故事的符咒或飾物。所以，身為現代旅客的你，可以沿途蒐集紀念品，並且用蒐集到的每一樣東西來講述關於你的經驗故事——這會比一場簡報美圖秀好得多。

創意發想

瑪麗・麥基（**Mary Mackey**）著有十四本小說，其中包括《骨頭村》（*The Village of Bones*）和《馬來年》（*The Year the Horses Came*），描述在史前歐洲時代，有一群崇拜女神、愛好和平的人，他們力圖抵禦父權制的游牧民族的故事。瑪麗的小說曾經進入

《紐約時報》（*The New York Times*）和《舊金山紀事報》（*San Francisco Chronicle*）暢銷書排行榜，翻譯成十二種外語，銷量超過一百五十萬冊。瑪麗也出版了八本詩集，包括獲得小型出版（Small Press）頒發的二〇一九年的「埃里希·霍弗獎最佳圖書獎」（Erich Hoffer Award for the Best Book）以及二〇一八年「女人靈性圖書獎」（Women's Spirituality Book Award）的《在我們夢中徘徊的美洲虎》（*The Jaguars That Prowl Our Dreams*）。

瑪麗·麥基

觀眾感受是你最重要的資產：無論我是在寫個人故事、詩還是小說，我對讀者的感受總是很強烈。我會選擇令人興奮的故事，讓我的讀者覺得很有趣，內容豐富而且寓教於樂。我試著抵抗那種只是自我陶醉自我抒發的書寫衝動，盡量不去寫那種日記式的段落。

永遠不要讓你的聽眾感到厭倦：我努力增加故事的可讀性，確保當中的節奏與流暢度。我會刪去不必要的字句，修改我的句子，確保它們不會造成混淆。要是你讓讀者困惑或是不耐煩，就會失去他們。

使用具體細節：概括式的描述很無聊且單調。我的文章是很具體的。我會以一個我正在創造的生動世界來吸引讀者。我不會只是說「螞蟻爬下了牆」，我會說牠們「來勢洶洶，沿著牆壁而下，像是一條黑色河流，有將近兩公尺寬，深度達十來公分」。

化危機為轉機：永遠不要低估一場災難成為一則故事的可能性。多年來，我發現發生在我身上最糟糕的事，後來都成為我最棒的故事。

瑪麗．麥基提供了絕佳的創造和構思故事的建議，首要的是建立個人連繫。在講故事時，現場觀眾從一開始就是參與者。經常向自己內心深處探尋的回憶錄類型作家就比較不適合做現場演講。日記式的條列在文章中可能很有用，但是在口語講述上，往往會變得平淡無奇。瑪麗強調以造成巨變的災難來開頭，講述一個結構簡單的故事，這樣最有效果。最糟糕的經歷往往會成就最美好的故事，這在旅行遊記或冒險故事中尤其如此。

打造故事

行軍蟻之夜：故事摘要

瑪麗・麥基

一九七三年，我說服姐姐和我一起去瓜地馬拉旅行。有一晚，我們在蒂卡爾國家公園（Tikal National Park）的一家旅館過夜，躺在床上睡覺時，我發現自己被一群行軍蟻包圍，牠們從通風孔湧入，沿著牆壁而下，來勢洶洶，像是一條黑色河流，有將近六英尺寬，深度達數英寸。我驚醒尖叫，以為我會被咬死，其他客人開始衝撞我們的門，卻發現螞蟻正朝向他們而去。

旅館的工作人員全都不見了，電也停了，除了叢林之外，沒有其他地方可以逃，但那裡到處都是比螞蟻更可怕的東西。我們退到大廳，蹲在沙發上，螞蟻蜂擁而至，環繞著我們。不久後，大蠍子開始如雨一般的落下，牠們是被螞蟻趕出茅草屋頂的。「雨傘！」一個來自芝加哥的男子提議。我們逃回房間，抓了我們的雨傘，趕緊打開來擋蠍子，然後我們回到大廳坐著，就像在暴雨中等待公車一樣，一個挨著一個。有時候蠍子會剛好落在雨傘上，然後彈到地板上爬行，但始終未能走很遠就慘遭螞蟻圍攻。兩個小時後，我們都累壞了，坐都坐不直。就在這時，一個我從頭到尾都不知道名字的男人，提出一個我生平聽過最慷慨的建議，無論是我，還是我的姊姊永遠都不會忘記。他說：「螞蟻還沒有去到我房間，如果你們姊妹想要在我床上睡一下，我可以幫你們撐傘。」當我們醒來時，他已經離開了，螞蟻也是。

這個故事摘要完美呈現出瑪麗·麥基的建議：立即與讀者產生連結的強烈措辭，充滿巨大危險的恐怖事件，以及讓你身歷其境的具體細節。你幾乎會覺得瑪麗是直接在和你本人說話——她有不可思議的瘋狂趣事要告訴你。瑪麗不僅在她的作品中具有絕佳的述說口吻，身為詩人的她還巧妙地運用比喻：「就像在暴雨中等公車的人」提供了帶有一絲荒謬感的熱鬧圖像。我最喜歡的場景是當蝎子從茅草屋頂落下來時，那位無名英雄坐在床側，為她們姊妹倆還有他本人（我希望）撐傘。即使只是摘要，這個故事也具有很多調性——是悲劇、喜劇或悲喜交加？

試驗與挑戰

試驗是在衡量我們自身。不論我們有過多少經驗歷練，或多有成就，還是得繼續面臨挑戰。即使我們已經達成大部分的生活目標，還是會出現前來測試我們的挑戰。我們可能因此退縮，退回到自己內部，有時甚至退縮到最內部的核心。雖然試驗讓生活變得困難，但它們會創造最棒的故事。任何故事的吸引力都在於衝突：挑戰越大，故事越棒。我們想知道你是如何存活下來的，你找到的出路以及從中學到的教訓。

有人甚至說，自古以來的口述傳統就是為了指出一條擺脫困境的道路，以正面的結局來傳達正面的信念，所以最後都是以永遠過著幸福快樂的日子來結尾。在大多數民間故事和童話中，傳達的訊息似乎都是在鼓舞我們，敦促我們為自己的旅程提供明智的建議。善良、慈悲、誠實、謙遜、勇氣、勤奮以及耐力，最後終將贏得勝利。這些傳統故事看到日常生活中的英雄，並為我們的生活增添意義。

至於寓言故事，則是希望我們做好準備——只要我們聽得進去，面對最壞的打算，以避免真正災難的發生。傳說和寓言都是以簡單的故事來講述道德，其歷史可以追溯到文字出現以前的時代。透過各種講故事的習俗來傳誦，以避免整個村莊或部落陷入麻煩或招致毀滅的行為。

我們的每一個試驗都是在透過經驗給予我們教訓，希望我們能從中學習，以免重蹈覆轍。此外，將那些塑造我們人生的經驗轉化成可以講述的故事時，我們等於是透過**現代版的寓言**來分享我們的智慧。這些智慧寶典可用在家庭聚會、日常對話或正式的演講或表演中。

寓言的重點是行動：你遭遇到的挑戰是什麼？你如何應對？要講一個關於試驗和挑戰的故事，要同時考慮衝突和結局。想一個實例，也許是在你年少的時候，那時的你必須深入發揮自己的潛能才能應付當時的形勢或危機。我們的聽眾需要在劇情的鋪陳中看到你的掙扎、你的錯誤和努力，以及你設法從中學習到什麼。也許這是你希望我們都學到的。最後，清楚闡明故事中的道德和放諸四海皆準的真理。

已經流傳幾世紀的伊索寓言，就有這樣強大的威力，讓人永遠也忘不了，好比說是那位喊「狼來了」的男孩，又或者知名兒童寓言家漢斯·安徒生（Hans Christian Anderson）所寫的〈國王的新衣〉。這兩則故事都在強調誠實的重要，並展現虛偽作假的可怕後果。**要讓你的故事更難忘，甚或能夠改變他人的思考或行動方式，它必須具有戲劇性，才能證明你的論點。同時，這必須是真實的——用你這位當事者本人的聲音來傳達。**

創意發想

生活會帶來種種挑戰，有大有小，類型各異。無論一個特定挑戰對你意味著什麼，在面對它之後你都會變得更明智。每當你講那個故事時，你都希望將這場活生生的教訓或道德經驗傳授給他人，避免他們陷入同樣的衝突，並學習如何克服。有些試驗是個人的，而且不斷持續的，例如對一個人身分的攻擊。其他的則來自於外界的危機，可能是財務的、身體的、與災難有關的或遭受創傷。

個人挑戰

- 回想過去你因為自己的身分、外貌、性別、種族、族裔、能力或背景而遭遇挑戰的時刻。
- 想想當時發生了什麼，不僅是舉出實例，還要有完整的描述。
- 重新回想當時的場景、人物和從頭到尾的行動。
- 你是如何解決這項挑戰的？
- 從中學到什麼教訓或啟發？
- 你希望聽眾在聽完你的故事後，會有什麼轉變？

近年來出現許多關於女性經歷的故事，相當震撼人心，對社會認識和態度產生深遠的影響。我們當中的任何人，終於能夠講出我們的個人故事時，等於是為那些還保持沉默的人提供一個平臺。在我們當中，有許多人都是傷害的倖存者，這些傷害不僅是侮辱，還包括攻擊和暴力。很快我們就會發現，分享個人故事所產生的共鳴，通常能夠幫助我們自己走向康復。

打破沉默需要勇氣，但是找一個安全的說話場所會比繼續待在陰影中好得多。正如艾琳・史特賓斯・瓦爾達（**Elin Stebbins Waldal**），在她所著的《旋風警報：青少年約會暴力對一名女性的人生衝擊》（*Tornado Warning: A Memoir of Teen Dating Violence and Its Effect on a Woman's Life*）中詩意地描述的：

> 「我無法在這個世界上繼續靜默，有聲音在我體內的腔壁中迴盪，我可以感覺到它緩慢地向上爬，直到大家都能聽到這段旋律。」

挑戰與艱辛的試煉

我們都聽過這句陳腔濫調：「當我在你這個年紀時……」下面只是一個例子：

「你竟然說這個是雪？當我小時候，我們曾走在厚達八英尺的雪堆上，可以直接碰到樹梢。」

像這樣的說法會讓聆聽的人皺眉頭，想要一走了之。每當我聽到父母或長輩說出像這樣帶有貶意的評論，試圖說服我他們之前過的日子有多苦、多艱難時，我都感到很無奈。生活不是一場競賽。個人的挑戰故事幫助我們明白每個人在自己獨特的旅程中都是個英雄。當我們設身處地思考別人的境遇時，就可以認同他們的經歷，產生同理心並為之喝采。以下列步驟來找出你自己的挑戰故事：

- 回想一段時光，你得設法度過危機，或是擺脫困境。
- 從這段關鍵時期中，挑選一些能夠說明問題及其所帶來的艱難挑戰的場景。
- 加上種種感官影像和關鍵細節，讓我們與你一起身歷其境，體驗這項挑戰。
- 持續發展主要劇情。
- 最後這場危機是如何解決的？
- 你從中學到了什麼？
- 你希望如何以這個故事來轉變你的聽眾？

避免「告訴」聽眾這項挑戰對你的意義。要是你對你的苦難故事加以評論，他們將無法體驗到其中的教訓，也無法在共鳴中學習。好比說下面這個段落，當中只有平鋪直敘的評論，絲毫沒有故事元素可言。原本可能會成為一則振奮人心的勵志故事，現在僅是簡單的訊息散文：

小時候，我們一直都在搬家，一年至少一次，有時還更多。我從來沒有一個穩定的家庭或學校，總是得去交新朋友。有時候我得將我的一切塞進兒童行李箱中，把我的玩具和書籍留下。我學會了簡約度日，以及適應新的地方。

將這個與一個充滿動作的故事相比，下個故事確實具有挑戰性，但是會隨著事件的發展而呈現出來：

加州，庫比蒂諾，一九六〇年

「開始了！」高臺上的那個傢伙大聲喊著，好讓所有在這個跟穀倉差不多大的工作室中的每個工人都聽到。他噹啷一聲突然打開了傳送帶。穿過一排灑水器的第一箱杏桃被倒了進來，這些新鮮水果是剛剛才從棚外的果園中摘下來的。

我站在輸送帶旁的第一站，當一堆混雜杏桃的東西運送到我眼前時，我一手握著削皮刀，另一手則將水果分類。在這一團亂七八糟的東西中掃視著，挑出樹枝、樹葉、綠色的杏桃，和其他碎片，丟到我左邊的桶子中，然後將爛掉的杏桃丟到我右手邊的桶子，那些我用刀子切掉褐色斑點或碰傷處的，也一併丟進去。

我上工的第一天，大約有十五名工人站在運送帶兩側的走道。彎著腰一直緊盯著那些不斷滾動過來的杏桃，我還注意到有個身材高大、皮膚黝黑的男子，留著鉛筆粗細的小鬍子，穿著一身燙得平整的卡其服，鬼鬼祟祟地站在我們後面狹窄的窗臺上。

第二天，一共只剩七個。我第一次做季節性罐頭，不知道原來昨天有工頭和樓管女士在看我們的速度和準確度，只留下手腳最快的工人。在早上的休息時間，我才從我的拉丁裔同事那裡得知竟然有這樣的測試。身為運送帶上唯一講英文的非拉丁裔人，我很自豪自己通過了測試，贏過那些有經驗的人。我再次綁好那件濺滿髒污的塑膠圍裙，準備再次證明自己的價值，以籌措我大學二年級急需繳交的學費。

到了第三天，我醒來時每一吋肌肉都在酸痛，手臂則因為果酸而起了疹子。想到要面對那無止無盡的杏桃，就覺得難以忍受。

我母親站在我房門外，知道已經過了我該起床的時間。「明天要起床會更難。」她只是以平靜的語調這樣說著。

不需要其他的提點，我趕緊準備出門。一把抓住我洗好的那件塑膠圍裙，開始走一英里的路前往罐頭工廠。我穿過史蒂文斯溪路（Stevens Creek Road），不久後進入果園，在礫石小道上氣不接下氣地跑著。當我在茂密的小樹林間看到波紋狀的鋁棚時，發現那位樓管女士站在穀倉門外，等著我。

「我還在想，妳今天是否會來上工。」她微笑著說道，並且把我那張打卡用的鐘點卡遞給我。

第四天，我準時上場，好整以暇地準備開工，就在傳送帶啟動前，我看到身旁的一位葡萄牙女性在胸前畫了個十字架。她告訴我她日夜祈禱才得到這份工作。聽了之後，我頓時自慚形穢，那個夏天，我再也沒遲到了，總是準時到達罐頭工廠。

在搬起最後一箱杏桃，將其裝罐後，這份工作就此結束了。

一同工作的女人問了我一句：「Vas a Libby's?（你要去利比嗎？）」

我會想要去桑尼邁爾（Sunnyvale）的利比罐頭廠工作，但是那裡距離庫比蒂諾太遠。他們的詢問讓我心中充滿著驕傲，因為他們把我當成同志（*comadre*），一起參與製作季節性罐頭的循環。我算是證明了自己的能力！

庫比蒂諾的杏桃園早已成了往事；當年製作罐頭的棚架區現在已成了蘋果公司的全球總部：蘋果園區（Apple Park），但是在傳送帶上度過的漫長夏天帶給我的不只是時薪而已：我學到辛苦工作的持久力量——而且我可以相信自己做得到。

但是我從此不愛吃杏桃。

打造故事

在寫這個故事時，我是從劇情的中間開始，場景是在製作罐頭的棚架下方，那是一個步調快速的工作場所。我的父母早就警告過我，除非在那個夏天我能自己籌措學費，不然無法回去繼續讀大學，但我將這個緊迫的動機放在整段敘事的後面。我的第一個挑戰是學習如何得到一個消耗體力的工作。我也決定採用一個簡單的故事結構，將我的工作日編號排序：一、二、三、四。這樣會產生一種懸疑感，讓人懷疑我是否堅持得下去，也讓每一天都成為一個新的里程碑。這樣倒數日子的結構也讓我比較容易把故事記下來。

因為我們的過去有許多都與現在這個迅速變動的社會的歷史相互交錯，因此我想要把我的這段夏日故事放在舊金山灣區充滿傳奇轉變的過去，以此當作背景。這個地方的轉型非常戲劇化：曾經是數百座果園的聖塔克拉拉谷（Santa Clara Valley）搖身一變，成為世界著名的矽谷——從長有芬芳花朵和可口甜美果子的果園轉變成生產微小晶片的科技園區，推動全球技術的數位設備。

當我為這故事進行研究時，我發現早在一七〇〇年代，西班牙人就在聖克拉拉的河床上種下第一批杏樹；到一九一九年，這片谷地中有數百萬棵果樹，其中有六十六萬五千棵杏樹。但是到了一九六〇年，由於戰後加州人口迅速增加，這些果園都被推土機剷平，發展成住宅區。在《加州杏桃：矽谷的失落果園》（*California Apricots: The Lost Orchards of Silicon Valley*）這本書中還感嘆聖塔克拉拉谷地曾是世界上最大的杏桃產地，並以這些消失的果園來緬懷這段過往。

十幾歲的我並不知道一九六〇年那份挑戰我的工作正在沒落。然而，那個夏天我走的路徑與這個不斷變化的分水嶺交叉：我得從一個新的住宅區走去工廠，途中要穿越一條主要道路，走進另一個時代。在二十世紀中葉，這片山谷宛如一塊相互競爭經濟體的棋盤。

這樣的歷史脈絡，幫助我了解從事這份難以承受的暑期打工背後的經濟力量。這讓整個故事變得更加真實、更可信和可行，而且驗證了我每日從郊外開發區穿越到農村果

園的經歷。

意義層

在挑選和草擬一則關於挑戰或苦難的故事時，你可能很快會發現當中的元素並不是很明顯。但這仍是一個重要的故事，對個人具有深遠的意義。在你考慮與他人共享這個故事時，請試著探索這故事的其他層面。這將會加深你對其含義的理解，有可能連帶造成你和他人的改變。在選這則發生在我青少年時期的挑戰故事〈加州，庫比蒂諾，一九六〇年〉時，我發現我之所以會選這故事是必然而然的，原因如下：

- 這發生在加州**人口大爆炸**的繁榮時期，五〇和六〇年代曾出現大規模移民潮。
- 文化／階級的交錯——我做了一件移民的差事。
- 介紹輪替的季節性作物。
- 郊區和鄉村社區的交匯處。
- 我從拉丁裔為主的德州聖安東尼奧市，轉移到白人聚集的加州庫比蒂諾郊區。
- 以這份兼差的體力活要求直接引入正題。

- 增加對西班牙語和葡萄牙語的了解。
- 勞工聯盟組織的工會商店的價值。

我不僅在這場夏日打工中學到堅持不懈和勤奮工作的內在價值，還在一旁見證著六〇和七〇年代全面的文化和政治對抗，諸如農場工人的罷工、從富裕郊區逃離出來的青少年、反文化的革命以及大規模的政治抗議活動。最後，在九〇代初期，對這一切最意想不到的諷刺是，蘋果這個科技帝國竟然在這片百年果園生根發芽，啟動一場科技革命。這裡確實是一片沃土，能夠孕育出真正的水果，也產生數位化的成果。

所有這些線索都會成為交織個人故事中的原始材料，將個人與歷史、文化和社會連繫起來。**當你在編造一個關於挑戰的故事時，會不可避免地發現它們與外面更大的社會及其歷史連繫在一起。**

講述故事

當你開始了解你的挑戰故事對自己和面臨著類似挑戰的其他人有何意義時，這份意義在你眼中會變得更深層。這時，你發現自己會在不同的環境中講述這故事，或是為了達到某個特定目的而說這則故事，好比說提升社會意識。

在回顧故事中的事件順序時，先記下簡單概要，標注關鍵字和圖像。透過這種方式，每次你都可以用新方式來講故事，而且不用死背。你可以視情況來調整故事，讓它每次都很吸引人。

為故事建構一篇大綱，將詳細訊息簡化為關鍵字，並標示好故事曲線。將故事大綱寫在故事專用的筆記本中，或是索引卡，也可使用故事板。

1. 場景：一九六〇年，加州，庫比蒂諾，杏桃園，自動化罐頭製造的棚架。
2. 人物角色：我、移工、工頭、樓管女士。
3. 第一天：十五名工人在傳送帶上，篩選杏桃。
4. 第二天：選出七名最有效率的工人——當中只有我一位是英語人士。
5. 第三天：疼痛、酸痛、皮疹、不願再去、母親的勸告、遲到。
6. 第四天：積極、準時、謙虛。
7. 第五幕：杏桃收成。
8. 第六幕：被接納為同志。

9. 結局：努力的持久力量、信任感。

在第四章，會提供更多展現你的故事元素的工具，比方說故事地圖或故事板，也會提供更多傳達故事的技巧。

「說故事的七個步驟」最初是「文字編織：講故事計畫」（Word Weaving Storytelling Project）的一部分，貫穿在他們非常成功的師資培訓課程中。這些課程揭開說故事的藝術的神祕面紗，並將其拆解為簡單易學的幾個步驟。

練習與提示：嘗試與挑戰

提示：個人挑戰

選出一些能夠以基本方式克服的挑戰，讓人可以透過深刻反思或是從故事的教訓或寓意中學習。

個人環境

1. 在你的個人生活中，是否有一段身處險境的時候？
2. 是否曾經感到自己的人格受到家人、朋友或同伴的攻擊？
3. 你擔心過自己在人際關係中的安全嗎？
4. 你的家庭生活經驗是否造成創傷？
5. **你是如何解決這些情況的？你從中學到了什麼？或是你希望聽眾能從你的故事中學到什麼？**

公共場合

1. 在公共場合或工作時，你是否曾經遇到挑釁、侮辱或攻擊？
2. 你是否曾在公共空間中擔心受怕，覺得自己很容易遭受傷害，不過最後還是逃脫了？是否有這樣千鈞一髮的例子？
3. 回想一個你當眾遭到貶低或羞辱的時刻。
4. 當你感覺遭到歧視時，有發生什麼事？
5. **你是如何解決這些情況的？你從中學到了什麼？或是你希望聽眾能從你的故事中**

學到什麼？

提示：危機或困難的挑戰

1. 你的身心健康是否曾經受到威脅？
2. 在人生的某個時刻，你是否有必要深入探究才能成功？
3. 你是如何渡過危機？或一場災難？
4. 你是否經歷過一段持續性的危機？
5. **你是如何解決這些情況的？你從中學到了什麼？或是你希望聽眾能從你的故事中學到什麼？**

故事高手的秘訣：嘗試與挑戰

在當代社會中，許多一度只能默默承受的個人挑戰故事，現在都得以發聲。通常這些故事聽了都令人難以承受，有時甚至會引起強烈反彈，例如家暴、性侵或兒時遭虐的經驗。在過去幾十年間，個人講述這些經歷會遭到系統性的打壓。打破沉默需要勇氣，但大家都可以從受虐的經驗中相互學習。如果我們能夠開誠布公地分享痛苦和個人試驗的經歷，就可以透過故事來協助建立一個更具同理心的社群。

下面這兩篇故事分享了他們個人獨特但相當類似的事件。閱讀這些故事或可以改變我們的行為，而講述的過程則可能釋放這經驗本身造成的苦痛。

創意發想

米歇爾・溫（Michel Wing）在新墨西哥州生活和工作，自認是非二元性別的身障作家，一生投注大量心血在提供種種弱勢議題的能見度上，諸如關注家暴問題、殘疾者權利、性侵預防和LGBTQI的倡導。出版品有詩集《牆上的身體》（*Body on the Wall*），並且擔任《深夜孤鳥的驚聲：作家挺身反家暴》（*Cry of the Nightbird: Writers Speak Against Domestic Violence*）的共同編輯，其出版品使用的是蜜雪爾・溫這個女性化的名字。他們[3]的詩歌和散文也廣泛選錄在各出版品中。

3　注意：**米歇爾在使用人稱代名詞時**會用他們（they）和他們的（their）這種第三人稱複數代名詞，而不是他／她（he/she）和他的／她的（his/her），以跳脫二元性別分類框架。

我的講故事歷程

米歇爾・溫

當我在想一個故事時，會在腦海中想像事情發生時的狀態。我會回想場景、人物、對話與動作，也就是從頭到尾所發生的一切。然後，我會嘗試為這故事架構一個框架，將其結合起來，並且決定一個故事曲線或主題。在這樣的過程中，幾乎每次都會浮現一些東西。一開始，會點出和結尾有關的線索，又或是與此反其道而行：會寫一個讓結局完全出人意外的開頭。有些句子原本可能會為讀者帶來安全感，不過讀到最後卻會讓人不寒而慄。但要是你不夠專心，在那個靈光乍現的片刻你閃神了，這個故事恐怕會不夠完整。

不過，最重要的是，當我講故事時，我講的是真相。我會確保我說的是真實而誠懇的，毫無虛構。我經常講些難以說出口的故事，有些人基於種種原因，無法開口講述自己的故事。但是我可以。而且我想正確地講出來。

我們可以用我們的故事來改變人的想法和觀念。那是一種力量。我不會濫用它。

米歐爾從事多年倡導工作，顯然會想用他們的故事來造成差異，以詩歌和散文創造出讓讀者感同身受的經驗。他們希望讀者透過他們的眼睛來看這世界，進而改變視野。

打造故事

帽子

米歐爾・溫

我的家鄉在新墨西哥州的拉斯克魯塞斯（Las Cruces），在那裡我曾有過讓我很心寒的遭遇。

有一次，我和一個剛認識的年輕朋友去一家飯店吃午餐，想要多認識她一點。我們的服務生里克很不錯。幫我們送餐的服務生也很棒，他是個有化妝的年輕男同志。他記得我之前有來用餐過，還熱情地跟我打招呼。我們用餐、付錢，然後聊了一陣子。然後，發生了那件事。

那天我碰巧戴著一頂印有LGBT標誌的帽子，在我出門前，我想都沒想就戴上了。黑色的球帽上印著大大的標誌。當我和我朋友聊天時，我們隔板後面那桌的客人站起來準備離開。他起身步入走道，是個高大的銀髮男人，站好之後，戴上一頂退伍軍人的棒球帽在頭上。我注意到所有這一切，因為在整個過程中他一直盯著我看。他完全站直，並調整好自己的帽子後，走到我身旁說：「好帽子。」

重點不在於他說的那些字。而是他的語氣與表情、肢體語言和姿勢。那說明了一切。他走開後，我對我的朋友說：「這讓人不太好受。」她說：「沒錯，這感覺真是糟透了。」

我已經有一段時間沒有領教到那樣公開的敵意，這就像拿了一把冰鑿在我胸口上刺。

仇恨是會讓人疼痛的。

這故事聽來讓人很難受，部分原因是米歇爾的寫作技巧高超。米歇爾以目擊者的角色來描述整起事件，這比直接發洩情緒或怒斥更為有效。我們看到劇情的進展，儘管在架構上，起頭和結尾的動作都是以寒冷和冰涼的感官影像構成。這樣的痛苦竟然可以如此輕易而隨機地造成，這是一種我們社會中蔓延的恐怖。在一間溫馨的餐廳享用午餐，還是自己曾經來過的地方，米歇爾完全沒準備好會遭受到人身攻擊。你覺得這故事的哪一部分最具震撼力？這個故事對你有何影響？

創意發想

麗莎・畢夏普（Lisa Bishop, MLIS），圖書館學資訊管理碩士，畢業於聖荷西州立大學的圖書館暨資訊科學學院，這個學院是振興舊金山聯合校區（San Francisco Unified School District, SFUSD）學校圖書館計畫的突破教師團體的一部分。她是美國圖書館協會（American Library Association, ALA）和美國學校圖書館員協會（American Association of School Librarians, AASL）的會員，四處演講。她在書籍藝術界也很活躍，鼓勵學生寫自己的故事，幫他們報名「艾斯拉・傑克・濟慈著書大賽」（Ezra Jack Keats Bookmaking Competition），她的學生贏得了許多獎項。在請她寫一篇關於個人挑戰的故事時，麗莎寫道，這個故事「猶如當頭棒喝一般敲到她頭上」。

打造故事

神啊！祢在那裡嗎？是我啊！小騷包（hussy）

麗莎・畢夏普

「嘿！女孩們，過來一下。你們想要工作嗎？」她的臉從小餐館的外賣櫥窗中探出來，這是一間地方上的餐館，就在我出身的密西根州的普利茅斯這個小鎮上。她勾勾食指，向我們招手。她給了我最好的朋友凡妮莎和我每小時一美元的薪資，這在一九七六年算是相當豐厚的。

在得到餐廳錄用後的一個週末，我去了著名的哈德遜百貨的年度特賣會，發現一堆特價胸罩。我買了一種新式內衣，就是今天我們所謂的「運動內衣」：沒有鉤環、沒有襯墊、沒有肩帶和鋼圈。**穿上的感覺超好**。當然，我穿著它去做我的新工作。我的制服是一件白色上衣、一條黑褲子和一條完整的圍裙。

我聽到老闆愛麗絲在我背後碎念：「你看起來很騷包！」

騷包？我從來沒聽過這個詞，但我知道這不是稱讚。這聽起來像是在說蕩婦或妓女，這些字眼我之前確實聽過。我不懂怎麼會有人察覺到我的新內衣，我的圍裙蓋住我整件上衣。但是，愛麗絲如尖刺般的侮辱，還有她尖尖的臉配上用髮膠固定

> 的後梳髮型，就這樣一直徘徊在我腦海中，揮之不去。
>
> 胸部在中學時代是件大事。在六年級時候，我們當中有些人會讀朱迪．布魯姆（Judy Blume）的小說《上帝，祢在那裡嗎？是我啊！瑪格麗特》（*Are You There God? It's Me, Margaret*），並組成了一個「小胸女孩俱樂部」，就像書中的人物一樣：「我們必須，我們一定要努力增加我們的胸圍，越大越好，越挺越好——男生就靠我們了。」
>
> 我目前在中學任教，對於年輕女孩承受的身體形象壓力，我總是非常謹慎處理。我知道要如何與這些容易受影響的年輕女性說話，並且知道話語確實會傷人。

「騷包」一詞光是聽起來就覺得很邪惡，而對從未聽過的年輕女孩來說，這個過時用語在她身上產生的負面效應更是強烈。麗莎自然而然地聯想到其他更粗俗的用語。在這樣剛進入青春期的脆弱年紀，正在形成性別認同，這樣的一句話，會引發許多自我懷疑。麗莎一輩子都不會忘記遭受過這樣的侮辱，這顯示出這話對她個人造成的震驚和傷痛有多大，可能比直接打她一耳光還嚴重。

麗莎後來提到一本那時的長年暢銷書，說她在當中找到了用幽默做為抒發的方法，麗莎和她的朋友在朱迪．布魯姆的這本青少年小說故事中，對那群「小胸女孩俱樂部」的十幾歲少女產生認同。麗莎在她的標題中回應了這份文學性的連結。這樣一來，可以用所有十幾歲女孩共通的煩惱，做為一個大框架來架構她的故事。這是一個訴求，要求溫柔對待那些處於最敏感時期的女孩，她們的身體正處於發育階段。「祢在那裡看顧他們嗎？」麗莎透過標題中的比喻來扣問。對照之後，麗莎日後的發展並不令人意外，她在一所中學擔任圖書管理員，推廣文學、閱讀和學生自己寫的故事。

故事的母題

上面這兩則故事的場景都是在**美式餐廳**，理當是個安全的地方，是在美國任何社區都會有的餐館，宛如家裡客廳的延伸。這類鄰里餐廳標榜的就是「朋友碰面的地方」。在我看來，最特別的一點是，米歇爾．溫和麗莎．畢夏普兩位並沒有讀過對方的作品，而且生活在不同的時區，但在故事中卻有重複的類似模式：餐廳的場景、偶發的侮辱以及關於個人痛苦的相似道德關注。

在口述傳統中，經常會出現這類使用母題的現象：來自遙遠國度的異地文化，故事中卻出現重複的元素。一再重複的母題顯得格外重要，具有一定的象徵意義，將故事中的「要點」連繫起來。在這兩則故事中，我們都可以看到主人翁敏銳地意識到那些曾經可以接受但如今已無法容忍的觀點，我們的文化目前正在逐漸理解這一點。隨意在街道上對人發出帶有挑逗意味的噓聲，或是對那些和自身不同的人謾罵侮辱，這些都會造成後果。日前，社群媒體上流行的主題標籤運動，以及許多人在數位平臺上講述自己的個人遭遇，這些都大幅提升了世人對日常互動的敏感性。

米歇爾和麗莎都想要我們聽見在眾人共享的社群空間中遭到侮辱的話語，讓我們感同身受，將其內化。兩人在故事的結尾幾乎以一模一樣的話語來傳達類似的道德觀念：**仇恨是會讓人疼痛的**、**話語確實會傷人**。這訊息非常重要，因此這兩個互不相識的人在他們的故事中，不約而同地分享同樣的訊息，而這讓兩人的故事都成為我們這個時代的現代寓言。

在世界各地的口述傳統中，存在一些普遍的模式，沒人能真正解釋這從何而來。在第五章，我們會再度檢視民間傳說。在這份世界繼承的共同遺產中，也有母題和其他元素。你可能會感到驚訝，在自己的故事也會出現這類的故事主題或原型。

創意發想

李・高夫（Lee Goff）是《雷霆三部曲》（Thunder Trilogy）的作者，他是個商人、企業家、丈夫、父親、祖父和朋友。他接受過正規教育，大學時獲得英文和金融雙學位，還拿了一個研究生學位。李是一名職業軍官的兒子；他在一個當時認為很正常的家庭中長大，父親和母親都很慈愛。

李・高夫

從人類開始圍坐在營火旁以來，就一直在講故事，通常是為了教導聽眾，無論是提出警告，講述道德寓意，還是將過去的行為塑造成傳說。到了某個時候，一個男人或女人開始想要以故事來產生影響：「我跟你說有一次，我……」從那時起，聽眾可以擁抱這一個教訓，或是嗤之以鼻。無論是哪種情況，說故事的人對此都有責任；這個故事背後是有一個目的的。在開始寫作之前，不論是短篇故事，還是小說，我都會問自己：「我想要傳達的是什麼？」然後從那一點開始，我會非常刻意而且有意識地以任何方法來避免讀者感覺到我想要在這則故事中傳達這一點。寫一

> 個可信而且切題的故事是我的責任，接下來就看讀者的心情能引領他們去到哪裡。若是讀者讀完後，有加以琢磨思量，那我就算是成功達到我要娛樂讀者的目的了，這是提供給他們的一項奢侈享受——哪怕只是很短的時間——讓他們能夠從需要逃脫的地方離開。

李・高夫在選擇故事時表現出對讀者的尊重。他對藝術創造的想法與傳統的說書人相似，他們置自身於度外，好讓故事成為焦點。以古老的吟遊詩人為例，他們會拿著豎琴或里拉琴，背誦或吟唱一個之前就聽過的故事，這時候，焦點並不是在他們個人身上。就像是交響樂團身著黑衣的樂手一樣，說故事的人是無形的，他們要讓故事中栩栩如生的真實感充滿整個大廳，每個聽眾在受感動時便會產生感同身受的共鳴。這種跳脫自身的客觀手法，似乎和那些希望我們能在故事中直接對他們的經歷產生同理心的當代講者遙相對立。然而，這兩種故事風格其實都可以達到同樣的效果。一旦設定好故事的框架和劇情先後順序，敘事者就可以扮演中立角色，這樣故事本身就會具有強大的衝擊力。可以很明顯地看出李在選擇故事時，是為了提供一個啟示，而且希望能夠恰如其分地表達出來，讓人銘記於心。這是講故事的傳統方式。

打造故事

歸零：故事摘要

李・高夫

「高夫先生，你還是沒學到教訓。你就是覺得自己高人一等。」法官敲了一下木槌，看著我說：「高夫先生，歡迎加入德克薩斯監獄。假釋撤銷。」

那時房間裡的空氣可能變得很稀薄，但我不會注意到；我太害怕了，無法呼吸。我明明是無罪的，但這無關緊要。

真正有關係的是，當一個男人在人生中覺得他「掌控」好一切，覺得他很勇敢，能面對一切，而更糟的是，他自認在商業界和社交圈中「沒人動得了」。用害怕來形容當時的我還太過輕描淡寫；事實是我嚇壞了。但是生活教導男人不要表現出自己的恐懼，而且我對人性有足夠的瞭解，懂得弱肉強食的道理，明白自己得表現出堅強的外表，少說話，不要與人對立，避免衝突。

我是在監獄裡找到自由的。我聽了許多生命故事，對自己過去不公平地判斷他人感到懊悔，我的傲慢和權勢損害了我的人格，讓我反而不及那些我在牢裡遇到的許多人。我發現仁慈可以是一種力量，一旦我開始輔導這些獄友，準備他們的

GED[4]，幫助他們進行法律工作，並且修改他們要寫給家裡的信。無論他們的種族或背景是什麼，我發現這群男人對我表示感激之意。他們跟我說，我是第一個尊重他們的白人。我發現這些簡單的協助填補了我和他們之間的鴻溝。

我是在地獄裡找到我的天堂的。是在黑暗中，我看到每個人綻放的光芒。我是在被定罪後找到自己最好的一面。就是在這一切當中，我發現我可以面對任何事情。

李．高夫秉持他抹除自我的講故事風格，試圖解決傲慢與同情這個古老的衝突。女法官敲下木槌，發出鏗鏘有力的聲響時，讀者可以感受到這樣的衝突。李描述了一個充滿挑戰的情況，這場試煉表面上剝奪了他所有的特權。他最後能夠將出身背景所帶來的好處分享給其他囚犯，這不僅是向他自己致敬，也為他帶來一條出路。他不僅通過這項考驗，還因此變得更加強大。這是民間傳說故事的經典元素：一段度過危險通往勝利的英雄之旅。

根據神話學家喬瑟夫．坎伯（Joseph Campbell）的看法，在英雄之旅的最後階段是當他再回到家鄉時會變了一個人。他在旅程中會有所成長，學到很多並且面臨著許多可怕的危險，甚至死亡，但現在他期待著新生活的開始。最終的獎勵可以是表面上的功成名就，或內心的成就感——不論是什麼，這代表了三件事情：改變、成功以及證明這段旅程的影響力。英雄回到他開始的地方，但一切都不可同日而語。

因此，這個當代的個人故事與古代傳說中的主題和真理遙相呼應。這在艱苦奮鬥和面對挑戰的故事中特別常見。

4　編注：普通教育發展證書（General Educational Development），簡稱ＧＥＤ考試。是驗證個人是否擁有美國或加拿大高中級別學術技能而設立的考試及證書，測試內容共包含五類科目。

織出金線

本章提供範例，展現如何將生活經驗這類原始材料聚集起來，編織成強大的故事。幾位撰稿人和我都就幾個主題來分享如何選擇、構思和打造一則引人入勝的個人故事的秘訣。當你嘗試發展自己的故事藝術時，可以拿我們提供的這些技巧來試驗，找到自己創造或組合的方法。

本章用來當作範例的三個主題經常用在個人故事中，不過還有許多其他發人省思和饒富趣味的主題。例如上學，這可以立即讓人想到衝突、幽默和緊張的場面，還有那些令人難忘的人物和處境。

在前面已經透過各式各樣的方式來認識說故事的藝術，從最初的想法談到敘事架構，下面我們還是總結出讓每個故事成功的基本元素：

- **場景**
- **人物角色**

- 衝突與緊張
- 鋪陳情節的故事曲線，增加緊張感
- 情節中的感官意象
- 情節中的對話
- 解決衝突

此外，在每一則範例故事中，我們也都說明要如何進行相關研究，以及探究當中的意義層次的方法。這是編織故事的關鍵，將改變你和聽眾。

越是能夠以意在言外的方式表達出來，你的故事影響力就越大。在戲劇中，這是所謂的「潛臺詞」；在回憶錄中，這是作者的評論。而在現場講故事的口述藝術中，故事中更深層的複雜含義是透過語調、感受、聲音、手勢和情感來傳達的。

在創作和打造故事的階段，我們已經編織出第一批線，但真正的魔法還是在當場講述時才得以施展。誠然，當你專注在所寫下來的生活經驗、一段日記，一份隨意記下的草稿、一份故事大綱或故事板時，你會發生改變。當你在挑選和打造故事時，可以在一個嚴密的框架中創造它們，並且對你自己以及生活給你的重要教訓有更多的認識。

但是，只有當你大聲講出來時，這場煉製故事的煉金術才算完成。那時就是轉變發生的時候：開口將你的故事告訴他人，即使是在私下的對談中，也是這場改變中的最高點。這樣不僅能透過分享你的智慧——頌揚個人而非大眾傳媒——來促進社會輿論的交流，透過真實的互動而不是數位化的連結——並與現場觀眾建立動態的對話。在某個時間點變成你們一起講這個故事，為故事增加意義和深度，讓它成為一張不斷變化的掛毯。

第二章

關於「我們」的這塊料

我們這塊料像夢一樣構成，
而我們小小的一生，生前死後皆一眠。

——莎士比亞，《暴風雨》，第四幕

引言

我們似乎是在生命的各個階段不斷地認識自己。然而，我們經常因為他人對我們的看法而感到迷惑，而媒體影像和文化期望也與我們對自身的感知產生衝突，這同樣也讓人困惑不已。我們身上具備哪些特有的「材料」？我們又要如何在外界的影響下找到自己的本性？我們可能會對自發的勇氣感到驚訝，或是因為心生恐懼而感到挫敗不已。有時，我們可能會犯下讓朋友感到失望的錯誤，但也有可能掌握契機，取得輝煌成就。每一次，我們都會得到一點暗示，讓我們明白自身的內在材料為何。

社群媒體為我們提供了一個平臺，讓人在其上展現生活、觀點和成就。但是這些似乎將我們切割成一小塊一小塊的片段，以一連串的發文、貼圖和聊天的方式展現出來。這非但沒有提供我們展現真實自我的機會，通常還會讓我們變得更加浮誇虛偽，試圖在社群媒體的鏡子中炫耀發光。我們只會發布我們希望其他人看到的內容：我們最好的時光、在外享用的佳餚、在巴黎度過的一個迷人周末，或是迫在眉睫的危機。

如果花點心思留意，你實際上可以透過故事的藝術來認識自己。如果你一直對自己的作為視而不見，現在可以試著當自己的見證人，透過你的選擇、嘗試、挑戰、歡樂和成果來認識自己。想像你有一輛無須駕駛的自動車，安裝了捕捉旅程的行車記錄器。它會怎樣記錄你人生旅途中的重要相遇？你要如何理解這一切？只要抱持堅定的誠實態度，你可以透過記錄日常生活故事，開始欣賞和接受自己的行為以及和他人的互動。

自我反省是了解自己的關鍵，能讓人遠離日常生活的期望和合群造成的壓力。寫日記是一種有效的自省方法。我之所以養成寫日記的習慣，是因為我經常發現自己異於常人——我有一股衝動想要對自己解釋自己。

- 最近遇到的危機是如何發生的？為什麼會發生？
- 為什麼我沒有妥協？
- 為什麼要冒險？
- 是什麼在驅動我？

長時間下來，在反覆閱讀日記中的片段時，我會標記某些段落，或劃上重點記號，漸漸地理出一些模式。我認識自己，了解到我內心的矛盾，那些我在社會中和自己的性格中所面臨到的——以及在未來我最有可能去做的。透過書寫來清楚表達自我的需求不是我個人獨有的。**回憶錄這種新興的文學形式展現出這股趨勢，這類出版品一年比一年多**。自傳也不再是專屬於名人與影子寫手的文體。現在由普通人撰寫的回憶錄也大行其道，他們會在書中分享技能和對於人生旅程經驗的深刻見解，揭示出個人選擇和性格在當中所扮演的關鍵作用。

在商場上，講故事和個人敘事也占有一席之地，具有重要價值。一項產品或服務背後的真實故事，似乎可以重新建立起人與人之間的連繫；這些比起炒作所帶來的感受更深層，而且也讓人更加難忘。品牌故事不僅是吸睛的標語，或在你腦中揮之不去的廣告文案。它與傳統故事不同，它需要以故事來進行一番推理或解釋「為什麼」這項產品或人物會與受眾在情感上產生連繫。品牌專家說，任何產品的故事都可產生強大的影響力，讓消費者產生購買的慾望。

因此，在我們的文化中，個人故事仍然是知識倉庫裡不可獲缺的必備品：它們會以真實的方式來傳遞有意義的訊息。儘管如此，主流媒體還是傾向於用表面的影像和描述來將我們兩極化。若是我們透過這些鏡頭來看待自己，會感到心煩意亂，不知所措。我們有無數種方式來描繪自己：身高、體重、性別和／或性別認同、民族、種族、血統、宗教、政治背景、教育、收入和喜歡的冰淇淋口味。

這些流於表面的描述都沒有辦法述說你的故事，直指你的核心身分。無論這顆星球上住了多少億人，沒有人和你有一樣的指紋；沒有人具有你獨特的天賦，或是講得出你的故事。

你要如何打造定義自身的故事，一個獨特的故事，一個專屬於你的品牌故事？在本章，我們將會進入這些原料，也就是構成我們每個人的材料中，在那裡尋找最有說服力的故事。我們之所以要創作故事是為了要當眾講述，也許是在對話中分享，也許是在公開場合講述。這種現場交流將會在引起聽眾共鳴時，深化每個故事的意義。**正是透過分享關於我們真實自我的故事，我們的社會論述才能找到穩定的基石——我們的共同點。**

定義自身的故事

尤其重要的是：切勿自欺欺人，務必將此謹記遵循，形同黑夜白晝。屆時你就不會對任何人弄虛作假。

——莎士比亞，《哈姆雷特》，第一幕

定義自身的故事是自我探索的核心。這些故事具有向他人表達我們獨特身分的力量。我們人生的順境或逆境往往是由局勢決定，但更重要的是，它們會揭示出我們的本性。我們將自身投射在生命的舞臺上，把聚光燈打到一個關鍵場景中，在那裡做出選擇和行動。這可能是一個抉擇的時刻，又或是在面對一項挑戰，但是無論在這個當下導致情勢緊張的原因為何，它都直指你我核心，並由此來定義我們自身。回顧一個你挺身而出，站上舞臺中心的時刻。在那個事件中，你的個人動機和熱情會讓你綻放光芒，使你的存在感變得更加顯著——甚至是在你年紀很輕的時候。

比方說，我十歲左右時，住在德州的聖安東尼奧市（San Antonio）南端，那裡街坊鄰居不多，我決定在自己家演一場戲。我請最好的朋友珍妮一起加入，但她拒絕了。對她的背叛我感到很難受，於是我索性豁了出去，說服我五歲的弟弟去演珍妮的角色。我在電話桿上貼了宣布演出的傳單。結果來了一小群人，但是我弟弟臨陣怯場，躲到臥室裡，把自己用棉被蓋起來。因此我得一人分飾多角，演出所有的角色。

這段重要的記憶起初因為我遭遇的這些挫敗而蒙上陰影：我最好的朋友不願演出，還有我弟弟躲在棉被裡，把自己藏起來。但是經過一番思考，我最後得承認，這就是後來我會成為一個說故事的人和製片人的原因。我最初寫的劇本，是根據圖書館借來的童話書，這是源自於我童年時代就有的渴望，我很想要分享我讀到的迷人故事。在沒有受到任何人的敦促或鼓勵的情況下，我竟異想天開地想要在這樣一個不大可能進行表演的地方來演出，這其實真切地展現出我自己的本質。兒時發生的這件事，成了貫穿與連結我一生工作的連結線，可見這事件發揮了定義我這個人的作用。

我們通常在童年晚期會開始認識到自己與生俱來的天賦和傾向，因為那時我們對自我的探索還算相對自由，還沒有遭遇到來自同儕的壓力。這是自我探索和發展的重要時期。不過在長大成人的過程中，我們每天都會面對這個問題，問自己究竟是怎樣的一個人。我們在青少年後會繼續發展，會透過各種方式來提升能力，不僅只是生存技能而已。在發揮自身的潛力時，我們最有機會遇見自己，在這些最能滋養我們的互動和經驗中——也就是在我們的天賦中——認識自己。

創意發想

在一個定義自身的故事中，你要如何捕捉那綻放出自我的瞬間呢？試著回憶過往，在那些浮現出來的長久留存印象中，尋找那些能夠定義你生命的情境，這些將幫助你更認識自己。想像自己處於一個記憶漩渦的中心，那裡有許多你達成目標的實例、值得讚揚的場合以及感到無比滿足的時刻。將你有表現自我，或是持續盤據在心頭的時刻獨立出來。想像你要跟一個想要知道你這個人，而不是你有什麼成就的人來介紹自己。大多數人可能會立即用外在條件來評估你，這樣他們可能會錯過你的某些本質與特性。這時你可以分享那些定義你人生的故事，避免這種以偏概全的情況。

要讓一個定義自身的故事吸引聽眾，並產生一定的影響力，這則故事得具備所有令人難忘的故事的要素：

- 場景：在哪裡發生的？
- 衝突：主要的問題、危機、分歧或挑戰是什麼？
- 情節：故事中的場景是什麼？有哪些劇情的鋪陳？
- 當中的真實人物有誰？

- 有哪些對話？
- 最後一點，這展現出什麼？你從中學到什麼對自己的新認識？

要是你無法具體回答上述這些問題，那麼你的這段記憶就不是一個故事，僅是一個短暫的小插曲或軼事。

例如，當我開始用湧上心頭的記憶來構建事件時，我腦中出現一個生動的回憶：

> 當我在天主教小學讀到七年級時，一位修女要我去扮演一位美國原住民的女巫，這個角色是個穿著假鹿皮的老太太，在學校的話劇中要滔滔不絕地講著長篇大論。在演戲那天，我盤腿坐在禮堂中間一個架高的地方，而不是在舞臺上，我一字不漏地朗誦出所有臺詞，還搭配著節奏，彷彿那是在家裡的聚會上。

就我一生都對講故事保持熱忱這點來看，這無疑是一個重要的回憶。我在想，那時老師為什麼會選我來演女巫，這對一個年紀輕輕的女孩來說，到底意味著什麼。但是不論我多努力地回想，都想不起其他細節了。那場表演似乎像夢一般，超越了現實，但我確定真有其事。當時的我所理解的是，那位修女一定知道我可以記住自己的臺詞，而且我能夠勝任這個角色。現在回想時，我覺得她也看到一些關於我本性中的特質，我願意被視為一個老人或智者，而且有能力去扮演對我這個年齡來說不尋常、還會相信自己可以做到的角色。然而，這並不算是一個定義自身的故事，只是對自我的一瞥。

相較之下，後來的另一段記憶則伴隨燈光、攝影機和情節，在我心中留下鮮明清楚的印象。那件事不僅是我人生的一個關鍵點，而且充滿啟發。**直到那天，我才認識到自己之前從未察覺的面向**。在這件事發生的前一年，我成為一個母親，我過去自認是個業餘的創作愛好者——具有天賦和一些魅力，並且想涉足藝術領域發展。即使是在獲得一個著名基金會的高額贊助後，我還是覺得自己不夠資格。儘管這樣的感覺是自然流露出來的，但為人母的身分卻不允許我這麼輕率。我開始認真看待自己和我的才華，因為再過不久我就得要靠它們來謀生。

我兒子出生後一年，為期三年的講故事補助計畫結束了，這時我得自食其力。基於某種難解的原因，我兒子的父親一直難以接受新生命來到。為了我自己和兒子的安全，我決定離開他，並在附近社區跟一個精明的房東租了一個房間。在完成補助計畫的最後工作後，我每天看著自己的儲蓄日益減少，於是我寫了一份新的講故事提案，而且很快就得到一個機會，能夠在一整個董事會面前提案。我那時提出一項與加州教育局合作的全國性計畫。

一九八三年的海崖

「等一下，再一分鐘，」我的室友說：「我準備好要放了！」

站在位於東灣小屋的前廊上，我猶豫著。「你到底在幹什麼？」

我那位非裔美籍的房東在前院走道的每一側都鋪上成串的小鞭炮。「這是在為你送行。」他點燃一根火柴，靠到保險絲上，鞭炮開始燃放。煙霧瀰漫在空氣中。「穿過去！這是你的大日子。」在鞭炮聲中，他大聲喊叫著。

我穿著高跟鞋走過煙霧瀰漫的走道，感覺就像是被大砲擊中一樣，等走到街上時，我轉過身去跟他揮手。我們都大笑了一陣，這是場誇張的表演。在經過這些噪音和煙霧後，我有點忐忑不安，我走向我的車子，準備開車去市區的一個時髦的接待所，不知這是會成就我，還是毀滅我。

我穿著我唯一的好洋裝，那是我媽在我懷孕前縫製的一件絲綢襯衫裙，帶有米色的柔和色調和婉約的花卉圖案，很適合那個溫暖春天午後。現在，我的兒子一歲大了，我又可以輕鬆地穿上這件洋裝，甚至還能綁上腰帶。為了他，這次的會議一定要順利才行。畢竟，我是他唯一的支柱。

當我開上高速公路時，滿心希望我這臺經常出問題的二手破車能順利通過海灣大橋，到達舊金山的海崖社區（Sea Cliff）。在路上，我演練了一遍我打算要做的報告與預備要講的故事。基金會所有的執行長和董事會的董事都會聚在那裡，聽取入選資助候選者的口頭報告。我的目標是要用一個故事來擴展贊助我的資金。這是一個大膽的舉動。

我精心挑選了一個故事，講一條巨大且有魔力的中國龍，牠變身成一個年紀大且挺著大肚腩的禿子，跟那裡許多基金會的執行長很相像。我要用我大膽的講故事手法來震驚在場所有的人，然後提出一個遍及全國的計畫——整項提案全都是以鎮靜淡定的口吻來講述。

最後，我開進盤踞在這座城市北邊懸崖上的蜿蜒街道的海崖社區，把車停在幾個街區外沒人看得到的地方，然後走去慈善家的豪宅。前來應門的是一位穿著制服的女僕，是全身上下一整套的那種，有件黑衣裝，上面套著硬挺的白色圍裙，還戴著帽子。

我進入一個令人驚嘆的客廳，那裡挑高的窗戶可以望向金門大橋和馬林岬角。在這個奢華的空間裡，擺放著奇妙的古董、黑色的漆木屏風、長毛絨扶手椅和波斯風格的長椅地毯。女僕拿著擺有精緻開胃菜的銀托盤，在其間穿梭。陶瓷花瓶裡裝滿了精美的春天花束。有人來告訴我們這些入選者，等一下要在一架大鋼琴前面對成排的椅子進行報告。

一位基金會的助理向我走來，對我說：「只有妳身上穿的這間洋裝能夠與這個房間相匹配。看起來好優雅啊！」那時我心想，也太幸運了吧？

我的演講印象模糊不清；我記得自己瘋狂地比劃手勢。但是，站在房間後面的那群老傢伙有聽懂我的笑點。當故事中的禿頭老人變成騰雲駕霧的大龍時，他們也齊聲大吼。

我離開的時候，執行董事帶著微笑向我招手。「我剛剛發現，我要資助一個全國的講故事計畫了。」

我驚訝不已並和他握了握手。他們就這樣商定了。我越過海灣大橋，回到東灣，去保姆那裡接我的寶貝兒子。我們將會生存下去，而且大放光彩，而所有這一切都是因為故事。

後來，我又想到：要是我沒有成為一個母親，是否敢冒這樣的險，去面對那些百萬富翁？

打造故事

在寫這個故事時，我是從放鞭炮這段戲劇化的時刻開始切入。緊接著是我簡陋的出租雅房，它位於一間小屋車庫的上方，和海崖社區的豪宅產生強烈的對比，這是主劇情的場景。**這種充滿風險的處境最可能展現出一個人的基本特質，讓人對我是誰以及我的潛能有更深層的認識**。我從中學到的是，擔負的責任越大，我的自主性越強，動力也越高。初為人母，我所面臨的挑戰是要照顧孩子，並且讓自己成熟，發揮自己的潛力。

為了確保我的記憶無誤，完全如我對過去的印象，我特地去公共圖書館找了我那天講的故事，這是傑伊．威廉姆斯（Jay Williams）的《每個人都知道龍的樣子》（*Everyone Knows What a Dragon Looks Like*, 1976），由默瑟．梅耶（Mercer Mayer）繪圖。

> 在這則故事中，當這矮小肥胖的老頭出現在今日的吳城門口時，貧窮的清道夫漢恩跟他打了招呼。老人自稱是大雲龍下凡，要來拯救這座城市，避免他們受到來自北方的野蠻騎兵侵略，漢恩說，他不覺得老頭看上去像一條龍。這個城市的其他人也都不這樣認為，那裡的漢族人、軍官、大工頭、商人領袖都不這樣想，就連最

有智慧的智者也是。他們把老人打發走，不願將其當成上賓來接待。

只有清道夫漢恩願意請矮胖的禿頭老人到他的小屋裡，給他斟一杯酒和端來一碗米飯。由於受到漢恩的款待，大雲龍派出猛烈的狂風、閃電和駭人的暴風雨來對付那些來襲的蠻族騎士。就在那時，這位肥胖矮小的老人，才現出自己的原型，化身為一條龍，發出吼叫，騰空直上，巨大的身體占據了整個天空，鱗片反射著落日雲朵的顏色，牠的爪子和牙齒則像鑽石一樣閃閃發光。

研究並再次閱讀這則故事，有助於我回憶那一天，還有當時的情緒以及意在言外的幽默。

意義層

在選擇和編寫一個值得講述的故事，一個定義自身的故事時，你會注意到當中的要素和層次，這可能在初次閱讀時並不明顯。在〈一九八三年的海崖〉這個範例故事中，有許多獨特的層次，有我原先就知道的，有些則是在字裡行間體悟出來的，這些層次有：

- 再次決定投身於說故事的藝術。
- 在更大的舞臺上，定義自己為說故事的人。
- 展現為人母的求生本能。
- 展示出故事作為行銷工具的力量。
- 將龍的故事內化，看出超越外表限制的力量。
- 珍惜舊金山灣區企業家提供的機會。
- 彰顯猶太慈善社群的支持。

雖然基金會的年長慈善家在聽龍的故事時，很陶醉地將自身投射為傳說中的神獸，他們也懂得這故事要傳達的寓意：我們都能超越自身的外表，而且我們每個人都有能夠發光發熱的天賦。也許我們每個人都需要一個像漢恩這種不會裝模作樣的孤兒，以禮相待，以粗茶淡飯來招待我們，讓我們卸下外表，讓世人見識到我們的真實面貌。

講述故事

一個定義自身的故事與說故事者的身分認同息息相關，具有非常強大的力量，而且是基於對自身的反思。如何理解這當中的關鍵意涵，將會影響到你講述這個故事給他人的方式與時機。

擬出定義自身的故事草稿後，請將事件按順序簡化為大綱。一旦將故事化簡為關鍵字和圖像這類可以喚起故事其他細節的要點後，你就可以自在地講述這個故事，不需要死背。

條列故事大綱，將詳細訊息簡化為關鍵字，並標明其故事曲線。

以〈一九八三年的海崖社區〉一文為例，下面是其大綱：

1. 場景：東灣的小屋到舊金山豪宅。
2. 人物角色：房東、賓客、執行長和我。
3. 第一場景（衝突與高風險）：在東灣放鞭炮。
4. 第二場景（緊張的局勢）：驅車前往海崖。
5. 第三場景（鋪陳劇情）：口頭報告、講故事。

6. 結局：提案成功，獲得資助。
7. 結論：回去接兒子，對母性以及好故事的力量的新一層體會。

將故事的大綱寫在故事專用的筆記本中，或是索引卡上，也可使用故事板。**將故事簡化成綱要概述後，請參考第四章所提供的其他工具，例如圖像組織圖（graphic organizers）。故事板在這方面的效果特別好，因為它既包含關鍵字也附有圖像。**

「說故事的七個步驟」最初是「文字編織：講故事計畫」（Word Weaving Storytelling Project）的一部分，貫穿在他們非常成功的師資培訓課程中。這些課程揭開說故事的藝術的神祕面紗，並將其拆解為簡單易學的幾個步驟。

練習與提示：定義自身的故事

故事線：時間軸

1. 回想是在哪一年，你開始產生與他人期望不同的自我概念。

2. 在那一年，或任何一年中，回想一段你發現新自我的時間。
3. 記下多年來你所觀察到的自我特質，並與一件事連繫起來。
4. 回想一次自己展現出過去不知道的能力，而感到驚訝的時候。
5. 嘗試繪製一條自我探索的時間軸，列出從最初到現在的時間點。
6. 描述時間軸上每個要點的關鍵事件，以及你當時對自己的認識。
7. 畫一個文字雲、心智圖或是列出所有能定義你基本自我特質的列表。
8. 從中選出最核心、最能定義你的特質，並且與一個事件配對。
9. 將關鍵事件建構成一個故事曲線。

實事求是地查核文件紀錄

1. 回顧你一生中的主要文件：證書、學位、獎狀和獎杯。
2. 將它們彙整好，或按優先順序列出來。
3. 可用數位或剪貼簿將文件、新聞稿和重要成就歸檔整理。
4. 思考每一項文件，確定當初實現這項紀錄的動機是內在還是外在的，或兩者兼具。
5. 選擇那些僅反映內在動機且有具體紀錄的成就。

6. 在達成這項具有指標性意義紀錄的過程中，專注於一個事件上。
7. 將其架構成一個故事曲線。
8. 把故事曲線與最能定義你的自我特質連結起來。

在你的一生中，會持續發生種種事件，當中有許多會成為定義你自身的故事。嘗試在一本日記本、剪貼簿或是以數位相簿和評論的方式將其記錄下來。

故事高手的秘訣：定義自身的故事

預先備好一些定義自身的故事很有用，這會成為寶貴的社交和專業資產，可以用在各種場合中，以令人難忘的方式讓你在他人面前自我介紹。不論是在工作面試、線上交友、餐敘或是在派對聚會上，講一個能夠定義你自身的故事，肯定會在他人腦中留下一個持久的印象。與其講述一些事跡，倒不如提供一個故事脈絡。下面這些範例的作者都是這方面的專家，有的專精說故事，有的是回憶錄的高手。他們花了幾十年的時間在學習如何寫故事與講故事。實際上，你大可以說是故事定義了他們，賦予他們一個獨特的身分。

創意發想

琳達・喬伊・邁爾斯（Linda Joy Myers）著有獲獎的回憶錄《平原之歌》（*Song of the Plains*），她生長在俄克拉荷馬州的恩尼德（Enid），在那裡體驗到大地景觀的力量和美麗，並且結識了標誌她一生靈魂的種種人物。琳達・喬伊是全國回憶錄作家協會（National Association of Memoir Writers）的主席和創始人，她還著有《回憶錄的力量》（*The Power of Memoir*）和《回憶錄的旅程》（*Journey of Memoir*），並且與他人合著有《回憶錄的突破》（*Breaking Ground on your Memoir*）和《回憶錄的魔法》（*The Magic of Memoir*）。她培訓回憶錄新手，並且經常主持回憶錄專家會議和研討會。她完全清楚作家想要表達的渴望，知道他們有多麼需要把故事講出來。

故事的緊迫性

琳達・喬伊・邁爾斯

一則與人分享的故事是不會讓你孤單的。它在你的心坎裡，促使你將其分享出去，有時，當你需要講這故事時，剛好遇到適合的時機或適當的人。還有的時候，故事會在錯誤的時刻對你施壓，想要讓你脫口而出，這時你就得調整策略，找到適合當下這個時刻的講述方法。故事會尋找一個人，讓他去拉起故事線的另一端。一但弦線拉緊，這時故事就像弦樂器那樣振動起來。你彈奏這故事的音樂，並且視聽眾、情況和你自己的需求在說出口時加以調整、潤飾。在和不同的人分享故事時，我會拉出不同的線。每次我講故事時，我都活在這故事裡，但故事講完後的情緒可能會有所不同，有時是興奮莫名，有時是傷感或陷入沉思，端視回憶流轉到哪裡。在定義我自身的故事中，夢想全都是活生生的，而在故事中的另一個人也永遠活在我心中。

琳達·喬伊有數十年撰寫回憶錄的經驗，有的是與其他作家合作，有的是她自己的回憶錄。她通曉說故事的人和聽眾間的微妙互動，以及如何透過每一方的參與讓故事更有意義。沒有什麼故事比定義自身的故事更深刻了，這會貫穿一人的心理表層，直抵自我內部的真相。別人對我們心靈深層故事會做何反應，這點對我們來說很重要，所以我們會因應特定受眾來謹慎地調整故事。琳達·喬伊要求我們在分享最珍貴的故事時要覺察，要認識每個人和每個狀況，並且衡量聽眾會如何反應，同時培養注意自己講述出來的需求。琳達·喬伊在年輕時所接觸的第一項藝術是音樂，她演奏大提琴。她對故事的感知與她對音樂振動的理解類似，因此她懂得要如何引領聽眾進入。說故事的人在現場也是在做同樣的事，他們參與的是一種故事和想像力的創意互動。

打造故事

吻別和哈囉

琳達・喬伊・邁爾斯

我發現自己陷入一個跨越我人生的故事曲線中——這源起於我十一歲時回到俄克拉荷馬州的家鄉，結束在我七十四歲的時候。這個新故事改變了我思考過去的方式。多年後回顧，和我朋友基斯在一起度過的那兩天改變了我的人生故事。基斯是我的初戀，那年我十一歲，而到十七歲的時候，這份單戀就變成了兩情相悅的愛情。他很善良。他看到眼鏡後面的我，看到在古怪祖母後面的我，他對我的認識比任何一個人還深。自從我們在舞會上一同跳了〈月河〉以來，在過去這五十六年中，我斷斷續續還會與他碰面，並且有好多年都會在他生日時打電話給他。但是在舞會之後，我們被迫分開，他的家人和我的家人都不同意我們在一起，我們從未提起這件事……直到我七十四歲那年春天。四十年來，我一直夢想著找到他：我們再度聚首，相愛而幸福地生活中。但是在最後一場夢中，他快死了。我打電話給他，果不其然，他正在安寧病房。我趕緊搭機飛回他的身邊，想跟他談我們所有未說出口的事情。我們一同回到過去，從共享的時刻談到音樂、巴哈和貝多芬，還有哈利路亞合唱團、金黃色的麥田還有覆蓋大草原上的星空。

我倆都了解我這些夢的意義，這表示我們之間有一條超越時空的連結線。在經過這麼多年後，這真的是一項祝福：過去沒有說出口，或是彼此分享的，最終還是得以交流。他問我離開時是否可以跟我吻別。我倆面對面，靠得很近，在他那雙褐色的眼睛裡，我看到過去共享的歲月，靈魂的本質一直徘徊在我們所喜愛的那幾段音樂中，在過去我們並肩在大提琴聲部拉琴時所彈的樂章裡。

你現在已經與天使同在，我的朋友，而且你會永遠在我心中。因為認識你，我變得更完整。願你踏上宇宙之心，與你所愛的人在一起。

在這個定義自身的故事中，琳達．喬伊分享了一條貫穿她一生的線，這段文字涵蓋從童年到晚年的整段人生。這是一個包含多個層面的愛情故事，跨越時空、清醒和夢境。由於琳達·喬伊一直都特別留意她生命中的關鍵故事，因此她得以在前去探視臨終的初戀時，觀察到她生活的敘事轉變。他曾經認識她，見過她最真實的自我，並透過交響樂來了解她。他們倆在樂團的大提琴部共享的青春年少對他們而言都是一項祝福。在這個故事中，琳達·喬伊說：「因為認識你，我變得更完整。」這讓我們見識到最深層的真理核心：我們經常會在那些最喜愛我們的人眼中看到自己。

創意發想

畢雅·鮑爾斯（Bea Bowles）會講故事和寫作，同時也是個童書講演藝術家，會將兒童與自然的深刻且長久的智慧的美好傳說故事錄製下來。她在國內外的各級學校、植物園、藝術和園藝中心以及會議進行表演。畢雅的有聲書和CD中的配樂是由作曲家莎拉·布坎南·麥克萊恩（Sara Buchanan MacLean）所創作。畢雅深受講故事的仙女教母「蜘蛛奶奶」[1]所啟發，在她的表演、有聲書以及兩本故事書《蜘蛛的秘密》（*Spider*

1 編注：蜘蛛奶奶是許多美洲原住民文化的神話、口述傳統和民間傳說中的重要人物，尤其是在美國西南部。

Secrets）和《蜘蛛奶奶的神奇網》（*Grandmother Spider's Web of Wonder*）中，她從圍繞共同主題的不同文化背景取材，編織出她的故事網。畢雅在定義她個人的故事中，透露出她是如何受到啟發，展開她的創作。

打造故事

蜘蛛奶奶

畢雅・鮑爾斯

我第一次參加講故事大會是在新墨西哥州的聖塔菲（Santa Fe），在第一個晚上，我站在星空下，思考著身為一個說故事的人，我該扮演怎樣的角色。這時黑暗中傳來一陣低語：「教導孩子去探索。」我嚇了一跳，匆匆忙忙進到房子裡去。

講臺上，扎著白辮子的霍皮族（Hopi）[2]長老赫塞・雷伊・托萊多（Jose Rey Toledo）給我們講了一個蜘蛛奶奶和太陽爺爺的故事，他們在唱歌跳舞中帶出了世間的所有造物：在蜘蛛奶奶的帶領下，經過三段漫長而危險的旅程，依序出現了昆蟲、動物最後是人。因為人會學習，所以蜘蛛奶奶教他們唱歌、跳舞、編織、種穀物，並且感謝地球上的生命。但是長時間下來，邪惡陣營的領導人開始高喊「戰鬥、仇恨和賭博」。聽信他們的話的人，毀了自己的世界。只有少數抱持信仰的人找到他們通往這第四世界的路。

一隻有愛心的小蜘蛛和燦爛的陽光是創造萬物的祖父母？這個故事仍然讓我感到疑惑。等到赫塞．雷伊讓我講故事的時候，他補充了一句話，說：「蜘蛛奶奶還是在那裡低語，引導今日的孩子們走向智慧，所以要提醒他們仔細聆聽。」

長時間以來，我聽聞世界各地關於創世的故事。在北加州，馬爾科姆．馬戈林（Malcolm Margolin）向我介紹了傑出的阿喬瑪維族的（Achomawi）作家達里爾．「寶貝」．威爾森（Darryl "Babe" Wilson）。因此，蜘蛛的故事成為我第一次參與講故事活動和我的第一本故事書《蜘蛛的秘密》的題材。

我向「新維度電臺」（New Dimensions Radio）提出一個兒童節目的計畫，說我錄製了霍皮族的故事，還有其他關於創世的故事。他們同意了，並請喬瑟夫．坎伯當我的導師，顯然順著我的這些天賦發展真的是個好主意。儘管我現在講的故事包羅萬象，但每天早上我還是要感謝蜘蛛、陽光和故事。

2 編注：霍皮族是美國西南部眾多原住民之一，主要生活在亞利桑那州東北部的霍皮族保留地中。

畢雅·鮑爾斯在她這篇個人故事中，反思自己身為故事講者的角色，發現自己與自然和故事間存在緊密的連結。她在夜空下聽到的低語並不奇怪，那是直觀的聲音。通常，聽到內心的聲音是前往內在自我的途徑。浮現的低語和故事、難忘的畫面及找上我們的夢想，這些都含有能夠定義我們的訊息。當畢雅聽到霍皮族的蜘蛛奶奶故事，她對此既著迷，又驚奇，並且將神話人物與自己連繫在一起，反映出她的本性。以微妙又帶藝術性的方式，畢雅和蜘蛛／母親的原型，與畢雅這位說故事的人合而為一，形成獨特的品牌。她從導師喬瑟夫·坎伯那裡學到民間文學藝術的深層內容，也說明她對藝術的承諾。不過，毫無疑問，在畢雅的故事作品中，蜘蛛奶奶仍是當中最強而有力的，是她的圖騰，也是她的個人訊息。

招牌故事

招牌故事（**Signature Story**）最初是在國際演講會（Toastmasters International）的推動下廣泛流行，並且持續**在主流文化中發展**。招牌故事有時也稱為「電梯演講」（**elevator speech**），是精心編排的簡潔提案，是專業或個人的自我介紹。這當然是一種自我推銷的重要工具。儘管這樣的介紹得言簡意賅，而且往往是在一對一的情況下，仍然需要盡力準備，就像要擔綱一個重要開幕的演講者一樣。你可以簡單架構當中所涵蓋的基本故事元素，並以提綱挈領的方式條列，以便因應各種情況，而且在語調上會定調在對話的型式。

第一句話是最重要的「鉤子」，而且可能就是整個招牌演講的濃縮精華。在介紹自己時，可以將自己包裝成一種「解決方案」，善於處理在你鎖定的專業或市場中的同行所面臨的問題。在招牌故事中，沒有必要加入職位和簡歷這類資訊。你的客戶只會對你如何在他們的個人或職業生活中所能提供的幫助感興趣。第一句話要簡短地切入要點，吸引聽眾，引發他們的興趣。例如，一個生活學習教練可能在自我介紹時說：「我教導人如何打開緊閉的心房。」

最關鍵的要素是能夠描述你動機的個人事件，可能是你在這領域的頓悟時刻，或是展現你的專業知識的例子。**故事是提案的核心**，也是與聽眾建立連繫的方式。這個故事越有吸引力，就越讓人難忘。無論有多麼簡短，它仍然是一個完整的敘述，包括特定的細節、生動的語言、對話和清晰的故事結構。完整的招牌故事，包括鉤子和敘事在內，講述時間不超過兩三分鐘。事先預備好一些針對不同聽眾的招牌故事很管用，在鄰里聚會或社交活動上都可以拿出來講。

專業上的招牌故事定義起來很簡單，也很容易架構。但是要如何發展出內容？一種方法是去回想在一門特定專業中你最成功的經驗，或是你過去克服工作挑戰的故事。你是如何突破的？當中有足以分享出來的賣點嗎？招牌故事著重在你的最佳專業經驗，不僅有助於說明你成功的因素，也傳達是哪些要素帶給你喜悅，並賦予你職業生涯的意義。《打造招牌故事》（*Creating Signature Stories*）的作者大衛．阿斯克（David Asker）表示，專業的招牌故事對你的個人生活也價值非凡。

找出你生命中的這類故事，可以幫助你發現目標，確定優先次序，建立信心，擬定新方向，增強人際關係，以及積極求取進步等。

創意發想

專業的招牌故事是針對你的職業及其目標。一個定義自身的故事是開放式的，而且是在分享自我的內心深處，但是招牌故事不同，是著重在你的志業或追求夢想時的突破時刻，是你很想要分享的強大洞察力，甚至加以行銷和販售。

招牌故事儘管簡短，也應該要具有完整的敘述以及明確的結局。要讓一個人的招牌故事能吸引聽眾的注意力，並產生深遠的影響，這需要具備所有令人難忘的故事的要素：

- 場景：發生在哪裡？在哪項專業中？
- 衝突：主要的問題、危機、分歧或挑戰是什麼？
- 劇情：故事中的場景是什麼——有哪些劇情鋪陳？
- 在現實生活中的角色是？
- 有哪些對話？
- 最後，突破點或結局是什麼？
- 基於這些經驗，你的賣點是什麼？作為故事引言的可能性是？

下面這則招牌故事我已經講過無數次，有時是當作講故事培訓課程的開場白，有時是在談論故事的力量的演講中，也曾以提案的形式講給基金會的執行長和有影響力的出版社聽。這個故事幫我敲開機會大門，帶來無與倫比的成功。更重要的是，它給我帶來和大家分享的機會，將我從成千上萬在這領域的教育家和作家身上所學到的東西傳播出去。

一九六七年的舊金山初中

我站在講臺後面（這是我的避難所），看著我九年級的學生擠滿每張桌子，在這陰暗擁擠的都會區教室裡。那是一個炎熱的春日午後，就在午餐時間後的可怕時段，我得教他們英語。這是我的第一年教學，這時我已經意識到大多數在這個年級的學生都不具備閱讀或寫作能力。

我立即想到的解決辦法是，「好吧！要是他們不能讀，那就由我來讀給他們聽」。過去幾個月來，我大聲朗讀了這個年級的指定讀物：《一千零一夜》（*Arabian Nights*）、《老黃狗》（*Old Yeller*），狄更斯的《遠大前程》（*Great Expectations*）和希臘神話等。我抓著以三夾板打造的搖搖晃晃的講臺，以戲劇性的詮釋主導整間教室。

就在那一天，我準備好要朗讀希臘神話。厭倦地看著枯燥文本中的散文體，我明白自己再也受不了從這本無聊的書中讀一則神話。於是我走下講臺，站在全班同學面前。這時班上的同學有點擔心的看著我，我想他們全都還沒看到過我的下半身。我開始跟他們講書中的下一則傳說——用我自己的話來說——那是關於達芙妮和阿波羅的故事。

我永遠不會忘記整間教室的變化：突然間，教室裡除了我說出的話語和學生的目光，什麼都沒有。他們的眼神所透露出的關注力是我從來沒有經驗過的，但同時，我也知道他們其實看的不是我。他們看的是在我這個人之外的神話。實際上，我和我的學生那時候全都在看著達芙妮和阿波羅的冒險。

教室發生了轉變。它似乎變成了很久以前的一座遙遠的希臘森林，綠葉糾纏在一起，還有飛濺的溪流。講完整篇故事後，我們都在那裡。這真是叫人興奮不已！而且我再也不會覺得無聊了。我永遠也忘不了那天的經驗，永遠不會。

打造故事

我講這個故事時，是從整件事的邊緣開始談命運降臨的那一天，並描述我的問題：我得向幾乎不識字或不會寫字的九年級學生教授英國文學。儘管這個招牌故事我已講過無數次，但每次講時，當中的關鍵細節都還是會觸發我的記憶。所以，記下當時的時間和季節、擁擠的教室、三夾板講臺摸起來的感覺，甚至是朗讀的書目都很重要。最重要的是那篇達芙妮和阿波羅神話故事的名稱。所有這些基本故事元素都會確切地引領我回到那個時空，那個當下，這樣我就可以順理成章地進入這則經驗，觀察整個故事的發展。

故事本身是有彈性的；可以講三十秒鐘，或是講三分鐘，端視當時的時間而定。但是，需要牢記和保留一些細節——衝突、劇情鋪陳與結局。這當中有個鉤子：**我成為一個說故事的人，以便在城裡教授學生文學**。這樣一句摘要可以作為故事的開頭，也可以當作是結尾。無論哪種方式，這都是在頌揚困境中講故事的力量。

達芙妮和阿波羅的神話是一則故事裡的故事，類似於我的定義自身的故事中的關於龍的故事。最重要的是要記住神話的細節，才有辦法讓九年級的學生得以想像，讓他們在大腦中建構出畫面。每一次，我都會重溫我記憶中的場景，以及在這則神話中，愛神（Eros）和他追求愛情的金箭頭和拒絕愛情的鉛箭頭所造成的衝突，以及前來營救達芙妮的父親河神帕紐斯（Peneus）。我回顧這些主要情節與追逐場面：阿波羅在濃密的森林中追逐受到驚嚇的森林女神，以及達芙妮突然變身成一棵月桂樹；然後，阿波羅宣布將月桂葉做成的桂冠當成他的王冠，象徵英勇的榮耀，以紀念他心愛的達芙妮。

在我的準備工作中，有部分是研究神話及其基本要素，這麼做有助於我回想起那一天及這則神話中那個呼救瞬間的高潮。

意義層

在對自己的招牌故事有更深的理解和領悟後，就會開始注意到當中比較不容易發現的元素和層次。認知到它們的存在，會讓你所講的故事更有深度，並為你預備好要如何回答該事件的相關問題。在〈一九六七年的舊金山初中〉這個範例故事中，就有一些獨特的層次，通常會在字句之間相呼應：

- 第一年教學的絕望：一位白人英文老師在一個黑人社區裡。
- 分別在一九六五、一九六六和一九六七年漫長炎熱的夏季發生的種族動亂，亦波及到學校社群。

- 在一九六五、一九六六和一九六七年的民權運動期間，舊金山同時開始出現反文化活動。
- 貧困的黑人社區欠缺學校資金。
- 教師和行政管理人員的流失率很高。
- 全市按年級指定教科書，毫無彈性。
- 缺乏教材，僅有教科書、黑板和粉筆。
- 神話和講故事的力量超越了時空和文化。
- 班級管理和教學策略——建立起師生間的個人情感連結。

在這故事中，沒有必要再對一九六七年位於舊金山灣區（Bayview District）的這間教室裡的嚴峻形勢多所著墨。只要點出一些困境，就足以傳達當時令人沮喪的學習環境。不過，在與不同聽眾群講這個故事時，還是要準備好補充資料，回答種種問題，並談論那個時代的歷史以及這則神話在教學上的成功之處，這樣才能進一步吸引聽眾。顯然，這間一九六七年的教室不會配備什麼高科技產品，僅能滿足最基本的需求。但是我經常在想，數十年後，在那些配備有高速寬頻等高科技設備的教室裡，教學成效真的會變得更好嗎？

講述故事

你的招牌故事可說是一則關於你的獨家報導，通常綜合你人生中的多年經驗和錯誤練習。回顧過去的自己看待某個問題的想法時，你會赫然發現這些是如何反映出你的本質。而這又會反過來影響你講這故事的方式、語氣、情感衝擊和目的。

招牌故事的成敗取決於措辭是否有效。畢竟，這是要介紹你自己的提案，以簡短而令人難忘的方式來展現你的專長。

以清晰的故事曲線來概述故事的基本結構，包含當中的問題及其結局。一旦構建起來，這個故事就可以不必背誦而且因應不同情況調整。

〈一九六七年的舊金山初中〉一文的大綱很簡要：

1. 場景：一間位於貧窮社區的擁擠教室。
2. 人物角色：第一年授課的白人老師，三十五名學生，有黑人、拉丁裔和貧窮的白人。
3. 第一場景：午餐後，對著幾近文盲的全班同學大聲朗讀，很無聊。
4. 第二場景：離開講臺和書本，鋪陳劇情。
5. 第三場景：在課堂上直接以自己的話來講希臘神話故事。

6. 結局：同學全神貫注地傾聽、集中注意力——這是討論和教學的基礎。
7. 結論：難忘的經驗，分享見識。

在你的簡歷、提案或是公眾演講的談話要點中，準備好你的個人故事大綱。在研討會或專業會議上，可放在身邊，這有助於喚起你的記憶。

其他透過圖像提示來回想招牌故事的方法及其有效的傳遞方法，請參閱第四章。

「說故事的七個步驟」最初是「文字編織：講故事計畫」（Word Weaving Storytelling Project）的一部分，貫穿在他們非常成功的師資培訓課程中。這些課程揭開說故事的藝術的神祕面紗，並將其拆解為簡單易學的幾個步驟。

練習和提示：招牌故事

提示：專業招牌故事

試著就下列這些提示找出或創造一個可用在**專業領域中**的招牌故事。若是你已經有一些職業發展，請著重在其中一項。每條職涯道路都可發展出特有的招牌故事——都有其特殊的敘事。

1. 回顧一段特定的職業生涯。
2. 回想你進入這一行的動機是什麼？
3. 你在這個領域中有什麼強項和弱點？
4. 誰是你的榜樣或指導者？
5. 從事這份工作時，最大的成就是什麼？
6. 描述你的最大成就。
7. 你會想要與他人分享哪個你解決問題的經驗？
8. 你的「啊哈」時刻是什麼？
9. 這是突然間靈光乍現，還是會不斷發生？

提示：招牌故事

根據下列提示，試著尋找或創造一則**個人的**招牌故事，能夠反映出你最好的一面：

1. 回顧過去一年或十年。
2. 哪些經歷讓你感到最幸福，或是對你來說最有意義？
3. 什麼人讓你印象最為深刻？
4. 哪些互動最能代表你的人際關係？
5. 哪些事件顯現出你最真實的本能？
6. 你在什麼情況下會感到欣喜、輕鬆、自豪或佩服？
7. 在什麼樣的環境中，你覺得最滿意？
8. 什麼時候你覺得最接近真實的自己？
9. 你是如何分享你的招牌故事，或者在什麼狀況下你願意分享它？

故事高手的秘訣：招牌故事

下面的範例是由多才多藝的專業人員，包含有顧問、演講家、教練和有發表作品的作家。他們在文學領域也經常獲獎，而且每個人的寫作風格和媒材都各不相同：他們已跨足到業界，並掌握了推銷個人服務的技巧。

創意發想

貝特西・格拉齊亞尼・法斯賓德（Betsy Graziani Fasbinder）身兼作家、心理治療師、podcast主持人、演講老師和教練。貝特西認為，不論我們是在親密交談、寫故事，還是在職場生活中，都能透過故事與人產生最為深層的連接。她是《牽牛花計畫：決心的故事》（Morning Glory Project: Stories of Determination）的主持人，著有一本小說《火與水》（*Fire & Water*）、一本回憶錄《裝滿鞋子》（*Filling Her Shoes*）還有一本指導性的非虛構類書籍《從書頁到舞臺：給作家的靈感、工具和進行公開演講的訣竅》（*From Page to Stage: Inspiration, Tools, and Public Speaking Tips for Writers*）。

咒語小故事

貝特西・格拉齊亞尼・法斯賓德

我的招牌故事講的是我對公開演講的強烈恐懼感，這一點很諷刺，因為今天來聽講的學員是來參加公開演講訓練課程的。雖然我的「日常工作」是寫作，我也有出書，但我擔任公開演講培訓老師和教練已經有二十餘年，指導過美國各大公司中各種階層的人，從新進員工一直到行政總裁。我指導過執行長和他們的行銷團隊、政治人物、企業家、作家、藝術家、TED講者還有那些不幸經歷槍支暴力後倖存下來的反槍枝活動人士，他們正積極推廣修法草案。

我總是教導我的客戶將自己想成一個說故事的人，而不是在說明數據和資料。談話內容要能夠吸引聽眾，讓人印象深刻，以轉變他們的態度，甚或是採取行動。而這取決於演講當中的故事，而不是事實。這些故事應該要具體、貼切並且令人難忘，才能發揮最大的作用。我將這些小故事稱為「咒語小故事」。這些故事能夠擄獲聽眾的想像力或情感，就像對他們下了一個「咒語」一樣，在聽眾著迷的這段期間，可以產生啟發和發揮影響力。

對於公開演講感到恐懼，或至少是緊張，幾乎是每個人都會遇到的問題。大多數人認為，能夠在公開場合做精彩的演講是一項天賦，有些人有，有些人就是沒有。但光是我個人的經驗就足以證明這個觀念並不正確。只要學習一套簡單的技能（就是我現在在教的），就能控制我的恐懼感，並用我自己的聲音來講出對我而言最重要的事。

我將以我的招牌故事來說明無論我們的內心感到多麼恐懼，或是缺乏技巧，任何人都可以成為充滿活力的演講者。在我的這則「咒語小故事」中，講的是艾利斯先生的故事。透過自信地展現公共演講技能，並分享自己的初衷，我自己就能向學員證明這一點。當然，有些人在公開演講時確實比其他人還自然（但我不是天生的）——這在藝術領域也是如此。只要學習和練習一些簡單技巧，包括使用那些令人著迷的咒語小故事，我們就能夠克服恐懼感，開始看到我們自己的力量，發現自己也有潛力，成為深具魅力的說故事的人。

可以明顯看出，貝特西．格拉齊亞尼．法斯賓德在她所寫的作品中具有強烈的個人聲音；而她在公開演講中的聲音也同樣吸引人。而且聰明的她也發現，分享擔任公開演講教練的經歷不僅是一種培訓工具，也是一種行銷工具。大多數人，不論是在哪個領域，都害怕在公眾面前說話。由於貝特西也曾有過這樣的恐懼感，但是她想辦法加以克服，解決了這個嚴重的問題，因此她的經歷變得很有說服力，成為一個能夠用來推銷她本身演講技能的實例，說明她所學到的技巧任何人都可以學。

打造故事

故事的魔咒力量

貝特西．格拉齊亞尼．法斯賓德

年輕時我非常害羞。除了順利畢業和獲得大學獎學金這兩項目標外，我高中時還立志要當個隱形人。基本上，我確實達成了這個目標。大二的時候，我遇到的導師是一位英文老師，他培養了我對故事的熱愛，並且鼓勵我發展在寫作方面的才能。我日後能夠成為作家，可說是他一手推動的。大三時，艾利斯先生繼續指導我最害怕的必修課：演講。

對於一個隱形女孩而言，想到要在全班同學前面進行三到五分鐘的演講，真的是讓我焦頭爛額。在我要進行第一次演講的前一週，我準備好講稿後，去找艾利斯先生哭訴。我失眠了好幾天，又出現肚子痛、頭痛和恐懼感，這些全都讓我分心。「我就是做不來。」我一邊抽泣，一邊對他說。

艾利斯先生像父親般拍拍我的肩膀。「好吧，」他說：「那我們來談個協議。」他給我另一個選項。要是我能夠寫一篇二十頁的小論文，討論歷史上重要的演講，並加上完整的注腳和引用至少三篇參考文獻（這在電腦和網路普及以前的時代可是項浩大的工程），他願意接受以此來交換，若是我能夠完成，我就不用上臺演講。我敢肯定，他之所以把條件定得這麼高，幾乎到了荒謬的地步，是因為他料想我勢必會拒絕他的提議。

「沒問題！」我說，我們一言為定地握手。我不僅接受他的這份交易，還求他讓我比照辦理這學期一共五場的演講，我溫柔和藹的老師同意了他害羞的學生。

算一算，在我十六歲那年，為了逃避在全班同學前面講話十五分鐘，一共寫了五篇研究論文，總計有一百頁。

這是一個完美的招牌故事，因為它具有引人入勝的敘事手法的所有元素：場景、衝突、人物和對話。它吸引我們進到故事裡，因此小咒語的魔法可以施展開來。貝特西意識到故事的力量，不會加以省略而直接跳到結語。她放慢主要情節的步調，讓其自然而然地流露出來。她讓我們感受到她的症狀和焦慮，讓我們彷彿身歷其境，也在現場與她那輕拍她肩膀的老師交涉。她呈現了所有出色的說故事技巧。而且她用過去克服恐懼感的經驗來證明她有資格擔任教練，指導那些害怕公開演講的人。她這篇關於艾利斯先生的故事，讓人明白，無論我們有多麼恐懼，或是毫無口才，都可以成為活力四射的講者。

打造故事

瓊安・吉爾芬德（**Joan Gelfand**）著有《你可以當個成功作家》（*You Can Be a Winning Writer*），並擔任寫作教練和許多寫作團體的講師。她寫了三部備受讚譽的詩集，一部獲獎的短篇小說集，以及《撕碎恐懼》（*Fear to Shred*），這本以矽谷的新創公司為背景的小說。瓊安曾獲得許多寫作獎項、表彰、提名和榮譽，目前是「全國書評界」（National Book Critics Circle）和「灣區旅遊作家協會」（Bay Area Travel Writers）的會員，之前曾擔任「全國女性圖書協會」（Women's National Book Association）的主席。現在她是北加州圖書獎的評審委員。

作者的背景故事

瓊安・吉爾芬德

無須贅言，分享我們的「背景故事」是很重要的。我們是如何走上講臺、舞臺或電視，又是如何成為廣播電臺或雜誌採訪的主題人物？那些有抱負的作家經常將這段走上成功作家、表演者或藝術家的旅程理想化。這並不是他們的錯；他們看到某人站在舞臺上，在那裡與人交流和啟發他人，就覺得魔法成真了。但是很多時候，而且就我自己的經驗來看，這背後肯定是有經年累月的工作，才有辦法達到那樣的境界，能夠上臺表演、談話或演講。當我與人見面時，談到我出版了六本書，他們對此的反應有時是敬重，但也常常被嚇倒。在我開始寫作後，我花了六年的時間才認定自己的作家身分，然後又花了幾十年才認真看待出版自己的作品一事。我得培養我的耐力來面對投稿遭拒的挫敗。我必須要強化自己的毅力，建立起一種專業的超脱感，來擺脱遭受拒絕時的情緒反應。

在我舉辦工作坊以及指導客戶時，我會分享自己這一路上的起落浮沈，提到我耗費了多長的時間在這上頭，還有遭到多少次的拒絕。我談的是一個持續的投稿計畫，以及一次的成功如何帶來下一次成功的故事。我與他們分享我的信心是如何累積堆疊地建立起來。在出完第一本，然後接著第二本之後，接下來就像是滾雪球一樣。而那第一步通常會帶領我們通往另一扇即將開啟的門和機會。

瓊安以她自己為例，用在傳統出版業中力圖成為作家時所遭遇的挫折來鼓勵她的寫作學員和其他作家。她相信，她不該再去強化許多新手作家的幻想，說他們的書將會如脫口秀主持人歐普拉所言，突然受到關注，「蔚為風尚」，或是一推出就擠進亞馬遜網站上的暢銷書排行榜。瓊安因為坦誠且務實地分享她態度與作法，甚至出了一本以此為主題的書，當中包含她的招牌故事，並且為作家量身打造的一套推銷計畫。

打造故事

新人熱

瓊安・吉爾芬德

在我寫作生涯的早期，以詩人身分取得些許成就後，我就遇到「新人熱」的問題。大學畢業後，我在文學期刊上發表許多詩。我曾在奧克蘭博物館（Oakland Museum）、舊金山文學節文震（Lit Quake）和垮世代博物館（Beat Museum）等著名場所登臺，更幸運的是，還有一個搖滾樂團將我的一首詩改編成一首歌，錄製在他們的專輯中。後來這首歌還在地方和全國廣播電臺播出。但我還是不覺得自己是個成功的作家。

我沒有辦法下定決心去寫一本小說。我的意思是，我真的可以嗎？在讀完西蒙・德・波娃（Simone de Beauvoir）、維吉尼亞・吳爾芙（Virginia Woolf）、威拉·凱瑟（Willa Cather）、庫爾特·馮內果（Kurt Vonnegut）、鈞特·葛拉斯（Gunter Grass）和華萊士·斯蒂格納（Wallace Stegner）等人的作品後，我的銳氣頓消。我很滿足在地方上當個詩人。

貿然去寫小說似乎是個很糟的想法，太過自負。不。我並沒有動筆寫小說。我是從寫故事開始的，在寫了兩年後，經過我的寫作導師的大力鼓勵，才逐漸發展成長達三百頁的內容故事。我的第一本小說就是在這樣毫無規畫的方式下完成的。

就是在寫了第一本小說後，我開始理解，要成為一個成功的作家不只是要會寫作而已。在我第一次寫完小說的幾年後，我開始為它找出版社，是在那時我才認識到寫作這一行。

我了解到，在收到經紀人要求修改稿件的回信時，這不是在拒絕，而是一個嚴肅的要求。在跌跌撞撞中，我也學到，在沒有信心、沒有投入、沒有社群人脈的情況下，我永遠也不會成為一名成功作家。

瓊安的這篇招牌故事非常有力量，收錄在她最近的一本新書《你可以當個成功作家》中。她多年來一直懷抱著寫小說的夢想，最後終於明白，寫作其實是一門要經營的生意。如今，她不僅出版了自己的第一本小說，還與學員和她社群中的作家分享這段過程。瓊安希望其他人不要拖延或推遲自己的寫作夢，因此她回饋所學。毫無疑問，傳統出版業讓人望之生畏，不得其門而入。但是瓊安很清楚，只要結合種種特質，採用一種全面性的方式，還是可以破門而入。她還發現衡量寫作成功的方式有很多，這取決於每個作者對成功的看法，是要在地方上取得成功，還是全國或是國際間。瓊安可能是在半推半就的情況下，回頭去實現了她的夢想，但她並不認為她的客戶需要和她一樣。從她的招牌故事可以看出，她現在很清楚要如何走進出版社的大門。

個人品牌故事

個人品牌故事衍生自定義自身的故事與招牌故事，擷取當中的自我定義和在商場中的自我表現，打造出一個簡短、深具說服力的敘事。這種真實而動態的寫作過程，在反映你的動機和成功的同時，還會在你與客戶間產生一個人化的連繫，進而推銷一項服務或產品。個人品牌故事透過講故事的迷人敘事藝術，將事實和敘事編織在一則核心訊息中，傳達其中的價值。

但是，為什麼我們應該選擇講故事的方式，而不是以呈現數據為主的簡報，或是項目列表來表達呢？為何故事會成為分享、解釋和銷售的最好方式？因為故事本身具有娛樂、啟發和激勵的特性，可以將一則複雜訊息簡化為難忘的故事，讓各種不同的消費者明白。儘管我們的語言、宗教、政治立場或民族性不同，一個真實的故事卻可以將我們連繫在一起。故事是普世通用的語言，每個人都明白，這是和時間一樣古老的語言，可以直抵我們共通的人性。

當我們運用講故事的技巧來打造個人品牌故事時，就進入了這項悠久而令人回味的傳統，發揮其潛能來吸引新客戶，建立忠實客群。說故事的藝術，比單純陳述事實來得有吸引力，更能抓住觀眾的注意。因為這涉及到大腦更多的部位，包括左右腦，以及那些掌管情感、熱情和記憶的區域。故事會透過文字，經由具體的感官描述來創造出畫面；以情節的高潮迭起來創造戲劇效果，最後還會讓人付諸行動。

近來在較為成功的行銷活動中，說故事顯然成為重要的一部分。網路上到處都有人分享各種小訣竅，教人如何以故事來包裝品牌內容。這項行銷工具似乎超越喧嘩眾聲，將時尚潮牌與普通品牌或服務分開。由於網路內容多到目不暇給，難以集中注意力，因此懂得如何講個好故事變得比以往更加重要。一則品牌故事可以讓目標受眾產生強大的的體驗感，他們會將其內化，彷彿身歷其境，擁有同樣的生活。**聽眾成為他們聽到的每個故事中的英雄**。因此，若是好好地說一個故事，它會產生一個長遠的印記。

創意發想

比起討論什麼樣的故事才算是品牌故事呢？歸類什麼不算是品牌故事可能更容易，諸如銷售目標、廣告、長篇文章、要點、PowerPoint演講，或是「關於」你的品牌的銷售提案。

品牌故事要吸引人，需要包含所有好故事的要件，並在其結構中編織進有用的訊息：

- 受眾：確定出目標受眾。誰會想聽你的故事？誰會從中受益？
- 核心訊息：要點為何？用六至十個詞彙來定義。
- 人物角色：角色有哪些？可能是你本人！
- 衝突：主要的問題、危機或挑戰是什麼？
- 劇情：故事中有哪些場景鋪陳出推向高潮的劇情？
- 最後，結局是什麼？
- 基於這場體驗，訴求的行動是什麼？你希望聽眾做什麼？

就拿我自己寫品牌故事的過程來說，首先我會回顧定義自身的故事和招牌故事，從中挑選出一些關於我自己的特定個人資訊，將那些敘述濃縮成一個簡短形式，最後以核心訊息和號召性的用語來結尾。這樣一個品牌故事保留了版本較長的故事的真實性，還能鎖定在地教育家、說故事的人和作家所集結成的社群受眾。

說故事的人

凱特·法瑞爾在年紀很小的時候就開始講故事。十歲時，她就已經在自家附近的電線桿上張貼傳單，宣布她要講演童話故事。第一年當老師時，她偶然發現講故事是教文學給貧窮社區的孩子們最好的方法。到一九七〇年，她開始擔任圖書管理員，這時她繼續磨練她的技巧，到一九八〇年時，她提出一項加州講故事計畫，資助和培訓教師，之後她開始與知名出版社，如美國學樂教育集團（Scholastic）和聚焦兒童（Highlights for Children）一起出版藝術相關的教材書籍。在這個不斷變動的說故事世界中，二〇〇五年時，法瑞爾注意到個人敘事型態的文章將會是新的民間傳說，因此，她撰寫並編輯回憶錄文選。法瑞爾的著作是在故事領域中搭建橋梁：從傳統的民間傳說到以真人真事為主的故事。想了解這項強大藝術的培訓課程和講座，請與她連繫。

打造故事

在寫個人品牌故事時，我回顧了在本章另外提到的兩篇讓我發現自己的事件，一個是在定義自身的故事中，另一個則是我的招牌故事所談的。在讀這些故事時，我發現從孩提時代到長大成人的這個過程，竟然有類似的脈絡貫穿其中，這項發現對我來說是對自我認識的重大突破。這樣的真實性建立起我故事的可信度：我的確是在沒有受到鼓勵，有時甚至還遭到反對時，認真發揮自己的天賦。從在課堂上豁然開朗的時刻，發展到培訓數千名教師和出版相關教材，我的講故事系列作品獲得成功，這一段歷程展現出不折不扣的企業家精神。

不過，真正讓我能夠跟上現代敘事方式變動的潮流，同時又能兼顧幾世紀以來毫不間斷的口述傳統，其實是我自己的意願，這描繪出我個人品牌的真正實力：搭起新舊傳統間的橋梁。所以，這就是我要傳達的核心訊息：**法瑞爾的作品搭起了故事領域的橋梁，連接傳統的民間傳說與取自真材實料的個人故事**。

在我的個人品牌故事中，有一些比較能激發感官的圖像描述，讓人能在腦海中浮現畫面，例如「在電線桿上貼標誌」和「偶然的發現」。但在大多數情況下，我的故事是按次序的連續敘述，標記明確的日期。這是一場長達幾十年的旅程，我內心的衝突來自於要如何推廣和改造古老的講故事傳統，使其符合現代。因為我提供的是個人諮詢服務，所以要訴求的行動很簡單。

就像在寫履歷一樣，品牌故事是以**第三人稱**來講述。要將訊息壓縮，並且以品牌的方式來呈現，最好的方法似乎是將自己從故事中抽離。以旁白的口吻來描述，讓聽眾可以輕鬆地感受。

你可以使用本章所條列的步驟，撰寫一則獨具個人特色的品牌故事；使用定義自身的故事和招牌故事所列的練習和提示，撰寫較為精簡的版本。

意義層

按定義來說，個人品牌故事具有多個意義層次，這是從長時間積累下來的經驗中壓縮而成，用以支持所要傳達的核心訊息。這相當的簡要，但同時也保留真實故事中的基本元素，將事實與資訊結合起來。認識到這些要點，還有撰寫品牌故事的種種細節，就能讓人講話有深度，並且準備好回答相關事件的問題，或是因應其他情況來擴大內容。在我的〈說故事的人〉這個品牌故事範例中，有一些獨特的層次——有些是個人的，另外一些則與整個講故事的傳統及其中的古老民間文學的興衰相應：

- 小時候會在無人看顧時，走去附近的聖安東尼奧（San Antonio）區的羅斯福圖書館（Roosevelt Library）。
- 在低矮的彩色書架上，獨自一人發現了《安德魯・朗格童話集》（*Andrew Lang Fairy Books*）。
- 受到這些童話的誘惑，不斷回去圖書館，借閱那一系列共二十七本書。
- 在招牌故事中的貧窮學區經歷：講希臘神話時展現出故事力。
- 在定義自身的故事中的經歷：與加州教育局合作，獨立出資贊助講故事計畫。
- 在加州和內華達州的公立學校培訓師資，長達十三年的計畫和夥伴關係。
- 史無前例地與知名出版商簽約，出版關於講故事的相關教材書籍。
- 民間故事與即席說故事藝術的式微：文化挪用的衝突。
- 個人敘事、回憶錄和日誌體的興起：一種新傳統。
- 主流文化對於講故事的興趣：飛蛾故事網（The Moth）、TED演講、行銷工具、品牌。
- 研究個人敘事和回憶錄的寫作、技巧和目的以及編輯文選。
- 能夠在個人敘事中看到民間傳說的元素。

上面這麼多內容，全都可以壓縮在一則個人品牌故事中，每一條線都是故事裡的故事。每一句話都能激發出另一句，而且可以用在現場演講。個人品牌故事是一項強大的工具，不僅可以清楚呈現你的職業生涯，還可以傳達你自身的動機和核心訊息。對於身為創作者的你，以及對響應你的號召的聽眾來說，都會產生作用。

講述故事

在考慮你的品牌故事所產生的潛在影響時，請繼續調整潤飾，力求完美，以便在各種場合中講述。

你的個人品牌故事已經非常濃縮。為了方便記憶，可以再進一步將其化簡為一組要點。這樣一來，就不用在講述時將它通篇背誦。

條列故事概要，將細節化簡為故事曲線的關鍵字。

在我這篇〈說故事的人〉品牌故事中，大綱很簡單：

1. 人物角色：鄰居、學生、老師、出資者、出版社、作家。

2. 第一場景：童年時代的街坊鄰里、對童話的早期興趣。
3. 第二場景：教師、以講故事作為一種教學策略、專業培訓、全州培訓計畫。
4. 第三場景：知名作家、全國性出版社。
5. 第四場景：敘事傳統的演變、個人敘事。
6. 總結：核心訊息、號召性用語。

個人品牌故事不見得會是由本人在現場親自講述。它肯定可以當作是一則簡短的招牌故事。但也有可能出現在網站、明信片或宣傳印刷品上。

第四章提供其他方法來幫助你撰寫和記憶個人品牌故事，包括故事地圖、心智圖或故事板之類的圖像提示。還會提供一些講故事的重要技巧，甚至是在傳達簡短的小故事上也適用。

「說故事的七個步驟」最初是「文字編織：講故事計畫」（Word Weaving Storytelling Project）的一部分，貫穿在他們非常成功的師資培訓課程中。這些課程揭開說故事的藝術的神祕面紗，並將其拆解為簡單易學的幾個步驟。

練習和提示：個人品牌故事

練習：個人品牌故事

1. 在撰寫和修改定義自身的故事時，再想一下何以會決定要選擇這些故事。
2. 從招牌故事中挑選出關鍵的故事元素。
3. 如果尚未撰寫過招牌故事，請立即使用這些故事提示來動筆。
4. 列出導致你走上今天這條職業生涯的一系列事件，使用這兩種故事類型來引導或觸發。
5. 找出一件在你生命早期發生的事件，足以展現你的熱情或使命。
6. 發展一段敘事，描述讓你長時間維持動力熱情不減的原因。
7. 寫出簡短的大事紀，以這個時間軸當作故事曲線。
8. 說明這些事件是如何繼續驅動你。
9. 引入一些感官細節，輔以具體事實。
10. 以第三人稱來描述自己，以此營造出對你筆下角色的同情心。
11. 嘗試讓聽眾以主角的心態進入你的故事，如此便能感同身受地產生連結與情感。

12. 寫下你的核心訊息，號召聽眾採取行動。

這段過程中所寫的每個事件，理當都是真實發生，而且是你親身經歷的事。在這樣的個人品牌故事中，一字一句或每個事件都有意義，絕不能欺瞞事實。持續地潤飾、編輯與濃縮，直到你的品牌故事不超過十個句子為止。

故事高手的秘訣：個人品牌故事

對於已經有著作出版的作者來說，準備個人品牌故事可說是好處多多，因為他們可以在朗讀著作、巡迴或是演講時不斷地介紹自己。他們需要一則快速的入門故事，立即吸引他們的讀者，也就是粉絲群。這些故事會向讀者展現出他們對寫作的投入，比方說投稿屢遭出版社拒絕，以及對於寫作生涯孜孜不倦的熱情。個人品牌故事非常適合放在書的摺口或網站首頁上，也可以當作是介紹作者的一種吸引人的方式。

創意發想

瑪麗莎・莫斯（Marissa Moss）是位獲獎的童書作者和插畫家，出版過許多暢銷繪本，還有以一位名叫艾蜜利亞的年輕作家為主角的叢書，第一本是《艾蜜利亞的筆記本》（*Amelia's Notebook*）。瑪麗莎以日記的形式寫過歷史期刊。她對歷史有濃厚興趣，並且熱愛與孩童分享重要歷史事件，這份熱情促使她繼續創作出獲獎的繪本，如《倒鉤的棒球》（*Barb Wired Baseball*）和《永不闔上的眼睛：平克頓偵探拯救林肯總統的妙招》（*The Eye That Never Sleeps: How Detective Pinkerton Saved President Lincoln*）。

打造故事

童書作者和插畫家

瑪麗莎・莫斯自有記憶以來，就一直在說故事和畫畫，她甚至會畫在家具上。

她在五歲時開始上第一門美術課，九歲就向出版社投稿，寄出她的第一本繪本（當然是遭到退稿），高中時就為她的第一本書畫插畫，就這樣一路畫到進大學。繪本是她唯一想要做的事，即使她從編輯那邊收到的拒絕信整整有一鞋盒。在為她兒子購買學習用品時，她看到了一本黑白花紋的學生筆記本，這讓她想起她在九歲時也曾有過一樣的練習簿，這之後便催生出《艾蜜利亞的筆記本》。如今，瑪麗莎已出版了七十多本書，還在探索新的形式。可以到她的網站上看看她下一本要畫什麼和寫什麼！

瑪麗莎的讀者是兒童，主要是從小學到國中的學生。她的書通常會巧妙地將文字和線條完美地融合在一起。就像她出版的那些書一樣，她的個人品牌故事和這些年幼的讀者會產生直接的連繫：因為她就像他們一樣，在還沒上學前，就會在牆上或家具上塗鴉。她的讀者可以將瑪麗莎當作是個兒時任性又富有創造力，但長大後仍未失去童年夢想的人。瑪麗莎的故事很有感染力，因為她會鉅細靡遺地描述種種細節，如「滿滿一個鞋盒的」，以及「黑白花紋的筆記本」。她將整段職業生涯的時間軸壓縮成一個清晰的故事曲線，提到至今一共出版有七十餘本書，這相當令人印象深刻。當讀者看到密切關注她網站上的動態時，會因為瑪麗莎的生平所傳達出的熱情，而很想去看之後會出什麼書。

創意發想

史考特・G・布朗（S. G. Browne）是一位黑暗喜劇和諷刺小說作家，作品帶有超自然或奇幻的風格。他的筆下有為爭取公民權利而奮鬥的殭屍，天生具有偷運能力的私家偵探以及參加藥物測試而發展出特殊超能力的受試者。他出版的小說有《呼吸者》（*Breathers*）、《命運》（*Fated*）、《幸運賊》（*Lucky Bastard*）、《大自我》（*Big Egos*）和《不算英雄》（*Less Than Hero*），以及短篇小說集《槍殺猴子》（*Shooting Monkeys in a Barrel*）和暖心的假期中篇小說《我看見殭屍吃聖誕老人》（*I Saw Zombies Eating Santa Claus*）。

打造故事

奇幻小說

史考特・G・布朗從小就熱愛數學和科學，他原本期望走上這條路，發展相關專業。但是，在就讀大學期間，他發現了自己的創意特質，他找來兄弟會的會員演出他自編自導的「樂隊嬉鬧」（Band Frolic），還擠上了年度舞臺競賽。大學畢業後，他進入好萊塢一家後期製作工作室，希望進入電影界，寫劇本。後來他搬到聖塔克魯茲，開始寫他的第一本小說，這是他五本社會諷刺小說中的第一本。請上他的網站上查看最新消息和故事。

布朗的個人品牌故事真實而迷人，具有小說那種波折起伏的情節。儘管人生有許多波動，他仍然忠於自己的創作眼光以及他年輕時想要創作並且吸引觀眾的熱情，無論形式是舞臺表演、電影還是小說。他最初傾心於數學和科學，這讓我們想知道他是如何將他的興趣結合到他的創作中。在這份簡短介紹後，他利用具體細節，如他「兄弟會的會員」和他自編自導的戲劇「樂隊嬉鬧」。在描述前往好萊塢發展，以及之後踏上寫書出版之路的經歷中，我們能夠參與他的希望和夢想。讀者會為他們的作者所展現的出版決心喝采，也能感同身受地體驗到他的成功。布朗的故事完全做到這一點，甚至還超越了此一目標：他承諾會寫下更多的故事和書籍，來吸引我們。

如此材料

做人就是要講故事。

——伊莎・丹尼森（Isak Dinesen）

在本章中，我們探索了說故事的藝術這個令人興奮的新領域，包括在公開場合自我介紹，不論是社交場合，還是在專業上。能夠清楚說出自己的動機、基本特徵和長處，並將其以一個故事來表達，可以成為在市場上的一項有利條件。

本章提出了三類故事的模型：

- **定義自身的故事是自我探索的核心**。這些故事具有向他人表達我們獨特身分的力量。
- **招牌故事**是精心設計的簡短自介，可用在專業上，或是人際間的介紹，這是推銷自我或產品的基本工具。
- **個人品牌故事**是針對市場的濃縮自我陳述，是非常簡短但吸引人的敘述，反映你的動機和成功，讓你與客戶產生個人化的連繫，以推銷你的服務或產品。

不管故事有多簡短、濃縮，還是必須包含個人敘事的基本要素，才能達到效果，而且令人難忘：

- 場景。
- 人物角色。
- 衝突與緊張。
- 鋪陳劇情的故事曲線，增加緊張感。
- 情節中的感官意象。
- 如果有可能的話，情節中的對話。
- 解決衝突。

六位撰稿人分享了三類故事的範例，以多種形式（出版品、線上和親口講述）來展示，在這其中故事成為一種非常有效的宣傳工具。在看過撰稿人的技巧和摘錄的故事範例後，我們得知他們的生活和職業生涯突破的時刻。此外，本章也提供範例，展現要如何做研究，在每個選定的故事中找到意義層，增加它們的深度，以及與聽眾或客戶產生連結的能力。

只要你夠關注，真的可以透過說故事的藝術來了解自己。若是你對自己的作為毫無頭緒，可以透過你的選擇、嘗試、挑戰、喜悅和成果來認識自己。只要持續坦誠面對，你可以透過記錄每天的故事來開始欣賞和接受自己。練習講故事，在許多方面都是有益的。透過招牌故事來認識自己，你將會更了解自己的行動所帶來的後果。你的熱情會浮現，你的智慧會發聲，你的經驗會告訴你真正的道理。

內觀，也就是觀察自己，有時很難訓練，但值得努力去嘗試。在這面反思的魔鏡中，會發現影響他人的魔力。根據你的經歷來講一個好故事，就像是將你所看過的一切製作成一部迷你紀錄片，讓其他人也可以觀賞。當你以一則針對性的故事來分享你的知識時，你將會觸及故事的力量，這是整個人類歷史上影響和說服他人的最古老工具。

第三章

家族故事

囤積者了解到，下一代最看重的不是我們所擁有的東西，而是我們曾經是誰的證據以及我們如何關愛的故事。最後，最值得保存的，其實是家族故事。

——艾倫·古德曼（Ellen Goodman），記者

引言

我們的家人，我們的部落。我們所認定的家人，不論是以何種方式聚集在一起，也不管是誰，就是我們的部落。我們透過共同的經驗、繼承而緊密相連，也許是因為血脈，也許是因為交往甚從。而且，正如同古老部落透過口述傳統來彼此分享故事，我們的故事也是如此。我們是在節日、餐會和慶典上相聚時，得知彼此記憶中的家族故事，而且，最重要的是，聽到那些長久以來不斷在家族中覆述的故事。這些故事傳達了我們的價值觀、性格、身分以及我們如何理解周圍的世界。就某種意義來說，我們結合的故事體造就了家族。

我們如何保留典型的家族故事？

正如艾倫．古德曼所言，家族故事對下一代而言價值最大，而且「值得保存」。

在過去，是由傳統的故事講者將過去與未來連繫起來，傳遞部落的歷史、價值觀、禁忌以及經歷和夢想的含義。通常，這是由長者——也許是一位老婆婆，她年輕時從年長的前輩那裡所聽來的。在沒有印刷術的時代，部落中的珍貴故事、神話和傳說都要靠著記憶來保存，傳頌數百年。

也許是靠石頭上或洞穴中的圖形文字，幫助部落及說故事的人記憶的。畫在樹皮、沙子或樹葉上的圖顯示故事主題。好比說波利尼西亞的草裙舞，這類儀式性的舞蹈會透過複雜的手勢和節奏來演繹古老故事。在歌曲和聖歌中，以既定的節奏和措辭所寫成的詩句，有助於故事講者記住漫長的敘事，即使是那種需要講很多天的史詩級長篇故事。紋身、畫臉和人體彩繪，這當中都描摹有關於族群起源和神話的象徵性資訊。

當代社會在今日則提供了數位儲存這種不斷演進的新選項：文字處理程式、部落格、電子郵件、社群媒體，聊天室、文本和即時訊息，還有顯示器、影片平臺以及雲端會議和相簿。儘管選項很多，我們的家族故事仍可能僅是短暫流傳，並且會輕易消失。隨著電子媒體成為日常生活的中心，在家族中世代傳承的故事有可能隨著時間的流逝而消失。活生生的人聲似乎跟不上時代，說書人似乎早已過時，而我們的個人歷史變得不再重要。

通常，我們與家人共享的回憶是零散的、流動的，而且沒有一個明確的講述目的。我們可能會忽略過去重大的家族故事，或是忘了增加新的經歷。長時間下來，家族故事可能變得隨意或膚淺，失去了意義。然而，若是將家族故事塑造成令人難忘的形式，仍然世代傳承保存下來。正如同在前文字時代的部落，族人會在故事中分享共同的身分、歷史和價值觀，今日的我們也可以找到令人興奮的新方法，以此來保存和建立家族敘事的傳統。

沒有任何一種方式可以真正取代面對面的人際交流，而這正是口述傳統的標誌。不過，還是有很多方法可以管理和記錄家族故事的原始資料。本章將提供如何撰寫、架構和講述家族故事的技巧，學習這些可確保完整架構重要家族故事，並且塑造成一則故事格式，讓你隨時隨地都可講這些故事，而且透過各式各樣的媒介傳達。

家族故事很重要。家族故事直接影響我們看待自己的方式，因為是這些故事讓我們對自己的來源與今後的方向產生想法。每一則家族故事就像是自製的拼布被上的一個圖案，是由許多顏色與織物拼湊而成。我們的家族故事，就像這張彩色的拼布被，當中結合文化、歷史和我們所繼承的傳統。**而就像蓋著被子一樣，我們的故事也讓我們感到舒適溫暖、帶給我們歸屬感，並且成為一個產生重要力量來源的核心身分**。分享家族故事可以讓我們的孩子萌生一種自我意識，無論是身為個人，還是作為整個家族的成員。整體而言，家族成員在祖蔭的庇護下，可以享有更高的自尊和更大的適應力，同時也會對家族傳統做出貢獻。

羅賓・菲伍許（Robyn Fivush）是從事家庭敘事的研究者，她著有《家庭敘事與自傳自我的發展》（*Family Narratives and the Development of an Autobiographical Self*）一

書，根據她的看法，持續不斷的動態交流，對聽者和講者都有價值：

> 分享家族故事當然是將人生的經驗教訓傳給下一代。但這也等同於在聽取我們自己的故事，藉由講故事的過程得知他人對此的看法，從中學習，獲得一些關於自己的新知。

要是我們沒有以中心敘事來保存家族傳統，就會漸漸失去它。每一個世代將會被主流媒體定義，給予一個淺薄的群體認同。如嬰兒潮世代、千禧世代及移民等。**在這一章，我們將會討論如何在家族故事消失前將其寫下，加以框架並且講述**。我們得以透過講故事的技巧來挽救珍貴的故事，這包括我們的家族誌、秘密和陰影以及種種傳奇。

家族誌

家庭誌是一個大雜燴，裡面蒐羅的真實故事和傳統存在於好幾世代人的記憶中，是從過去一直積累到現在的經驗。這是透過說故事的藝術流傳下來的，也許是親口轉述，也許是以紀錄形式保存。「講故事」是家族誌和祖譜、家族史研究之間最主要的差別，後者是在記錄過去的數據和訊息。家族誌是透過口耳相傳這一由來已久的習俗，將家族故事代代流傳下去。由於家族誌是家族日常生活中的一部分，因此會一直變化和發展。

家族誌兼具傳統與演變的特性。家族誌屬於整個家族，整個譜系上的所有分支都涵蓋在內，每個家族成員都是其中的一分子。每一個世代都會遺忘或更改上一代所講的故事，然後再增加新的故事和傳說進去。在現今時代，社會和科技變革日新月異，我們可能會認為上一代生活在完全不同的歷史時代。然而，他們故事中的教訓對於未來的新世代仍非常寶貴。

蒐集家族誌的計畫在執行上或許很艱鉅，可能需要整個家族直接和廣泛的參與。若是要務實一點，或許可先從有限的資料來源中蒐集和整理，然後與你最親近的家庭成員分享、講述故事。即便做到這一步，保留過去故事的工作也只完成一半。在記錄故事和傳說時，你還需要保持你的眼睛、耳朵和心靈開放。新的傳統與存在了好幾個世代的傳統是一樣的。所以，即使重點只是放在自己所在的這條血脈，僅限於往來頻繁的家庭成員，你還是需要想辦法來管理——如何組織過去的傳說，以及來自現在這個千變萬化世界的新傳統。

創意發想

想搜尋的家族誌無論是廣泛的，還是有限的，最佳的起始點都是你自己。當你開始反思自己對家族的回憶，以及如何將它們以故事呈現時，你就能夠回想起更多細節。你會對記憶中的地方和人產生感受，開始出現強化的感官意象以及對話。一旦你投身到這個故事的製作過程，就會在訪談和錄音時更輕易地引導其他家庭成員的參與。

你會對家族事件發展出自己的獨特觀點和歷史視角，這是不可避免的。但是請注意，你的印象只是起點而已。家庭成員往往會對同一事件抱持完全不同的看法，每個人的意見也都大相逕庭。

不過，還是請你繼續從自己的記憶開始，並且在這回憶的過程中不斷地修飾更正：

- 將你的家族回憶拓展到過去的幾十年。
- 打開心房，接受新視野。
- 驗證你的資訊，或是採訪親戚加以驗證。
- 找出你資訊中的空缺。
- 蒐集新生代的故事。
- 從今天開始對新傳統保持關注。

你的終極目標是抱持著中立的態度，擔任過去的家族故事及當下在你眼前展現的家族故事的見證人。

舉例來說，當我開始把自己當作是一個家族經歷的見證人時，就想起過去的我其實已經這樣做過：

父親從軍事基地帶回了一副花俏的雙筒望遠鏡，把它們放在客廳的桌子上。我當時只是個六歲大的瘦小女孩，但我一把抓住了望遠鏡，然後坐在一個不起眼的角落，在地板上調整鏡頭的焦點。我整個人為此著迷不已，透過望遠鏡看著我家人被放大的日常動作，並開始發聲描述，就像是電視報導中的配音：「這是我爸爸，他只是在房子裡走來走去，尋找正在哭的弟弟。哦！爸爸發現他了，他在後院，現在他把強尼帶進來。」然後，我會拿著雙筒望遠鏡，跟隨著他的一舉一動，像是在錄影一樣。我這樣跟拍一陣子後，把爸爸弄得很煩，他開口說：「凱蒂，別再玩了！」這一定讓他很抓狂。

想像自己就像是一隻停在牆上的蒼蠅，一個架好的鏡頭，在重溫家族故事時，力求詳實，報導鉅細靡遺的真實細節。注意你所關注事件發生的時間、年分和季節。集中注意力，在召喚家庭回憶時多花些時間，看看能想起什麼新的內容。只要夠專注，你會十分驚訝自己能記起來的數量。

在回想家庭記憶並將其塑造成故事時，很難擺脫自己的個人觀點。有些故事完全就是站在你的角度來講的，其他的故事也許可以中立一點，好比重述一個你母親所講的關於你祖父的故事。在這種情況下，你的敘述將更為客觀。但是，每個故事都必須包含下列的基本故事元素：

- 場景。
- 人物角色。
- 衝突、緊張、懸疑。
- 鋪陳情節的故事曲線，增加緊張感。
- 情節中的感官意象。
- 情節中的對話。
- 緊張局勢的解決方法及結局。

在腦海中搜尋家族故事時，我發現自己想到的人事物或地方都是大多數家庭成員認識的，甚至是橫跨好幾個世代的成員也有印象。我想到存放在租用倉庫中的物品，那裡好比是家族的檔案室。在我的腦海中浮現了一塊木製的馬廄門牌，那是我的祖父費雪在一九四〇年代賽馬時所訂做的。這個門牌在家族中傳了好幾代，用以紀念他的賽馬曾拿到冠軍，這比馬蹄更適合當作幸運物。那個亮綠色的門牌一直徘徊在腦海中，讓我想起那次贏得賽馬比賽的情景，那是在一個夏天……故事就這樣開始成形。

家族誌經常帶有一點奇蹟和魔力的色彩。這則故事也含有一些這樣的元素，但最重要的，這是一篇帶給人力量的故事，能夠建立信心，適合納入家族誌當中。

凱蒂・F

我的祖父有養過賽馬，但不是一段很長的時間，甚至沒有騎師。他的運動是賽馬車，讓馬拉著一輛兩輪的手推車，騎師就坐在車內駕馭。祖父從一九二〇年代開始在中西部的鄉村集市上比賽。祖母說，就算在經濟大蕭條期間，他也捨不得放棄他的馬，他變賣了一切來保住牠們。

在一九四〇年代後期的一個夏天，那時的我八歲，我的哥哥十歲，我們全家到住在伊利諾伊州基瓦尼（Kewanee）的祖父母家拜訪。我們在閣樓上發現了寶藏，那裡有許多獎杯（鍍銀和鍍金）、騎馬用具和獎盤。到那個時候，祖父以每個孫子來命名一匹馬。而其中那批最難駕馭的，則是取了我的名字，凱蒂・F。我們很渴望見到她去參賽，還有得獎。

終於，這一天到了。我哥和我，還有祖父母一起去伊利諾伊州普林斯頓的集市看賽馬，去看凱蒂・F。我們爬上白色木造主看臺的樓梯，看著她在塵土飛揚的橢圓形賽道上奔馳，一次又一次地過彎，最後到奔往終點的彎道。我們在看臺座位區跳躍著，大聲敲打，並且大喊，「加油！凱蒂・F！」她離看臺和終點線越來越近，領先了大家。她贏了！我們尖叫。

比賽結束後，我離開家人，靠著由金色油漆寫著凱蒂．F的那片鮮綠色標誌，跑去馬廄找這隻和我同名的馬。她的頭伸出門外，我戰戰兢兢地走近她，站在那裡欣賞她閃亮的栗褐色皮毛，一身標準種的強壯肌肉。她高聳地立在我前方。我不敢觸摸她伸出的鼻子，但我還是走過去。她似乎在瞧著我看，我聽見她無聲的話語：「換你了。」我懂她的意思，她要我像她一樣，贏得我自己的比賽。她是我的圖騰，我的同名。

在經過這些年之後，祖父的賽馬用具已不復存在，唯一留下來的，就是那個寫著凱蒂的木製馬標。它到處旅行，由不同的家人保管。凱蒂．F是我們的傳家寶，是真正的贏家精神。

打造故事

為了設定這則家族故事的場景，我研究了一些關於賽馬車的細節，這是一種老式的運動，美國現在幾乎沒有再舉行這種比賽。倒是在古代世界中，它有一段充滿異國情調的歷史：在公元前一五〇〇年，亞述國王會為拖戰車的戰馬精心打造馬廄，還搭配專業的培訓師。在公元前七世紀的奧運會上，有四馬戰車比賽，再更早一點，也有雙馬戰車比賽。現代的賽馬車隨著馬路、汽車的問世，以及賽車的流行而日趨式微。

在很小的時候，我就對賽馬車著迷不已。我覺得凱蒂・F（F是縮寫自費雪的英文首字母）和其他賽馬是一個驕傲的品種。從來沒有騎師騎過牠們，給牠們上過馬鞍，或是鞭打牠們。在比賽時，馬的步法是固定的，永遠不會被打亂。採用溜蹄步法的馬會同時移動身體一側的雙腿，因此牠們看起來似乎在以快速的節奏跳舞——至少在我眼中是如此。

雖然在我的故事中並沒有將這些研究調查寫進去，但查到這些資料讓我對賽馬車有更多更深的理解，也讓我對賽馬更佩服，敬佩馬的掌控力和實力。賽馬本身就是一項冒險。這個故事的懸疑點是我們的凱蒂・F是否有機會贏得比賽，我們是否能夠親眼在那裡看到她贏得比賽，這又會如何影響我們。

研究賽馬車的歷史加強了我對那一天的記憶，想起了那場比賽，還有技能令人讚嘆不已的冠軍馬凱蒂・F。

意義層

在我八歲夏天所看的那場鄉村集市賽馬，竟然對我，甚至至整個費雪家族，產生這麼重大的意義，這真的很令人驚訝。這匹以我的名字來命名的冠軍馬就這樣成為一種對我的激勵，而且影響力長達我的一生，現在想來，仍然覺得很不可思議，畢竟我只看了一場比賽，也僅去她的馬廄看過一次而已。但凱蒂·F確實與眾不同，她在我們的家族中有強大的存在感，是一匹神奇的馬，是祖父表達對兒孫的愛的一種方式。在這故事中，我體會到：

- 動物和寵物是家庭的一部分。
- 動物可以超越牠們自己的生命。
- 動物可以與人交流。
- 特殊的象徵性動物可以成為精神指引。
- 傳家寶也可以是圖騰，或讓人產生力量的物件。

在講這個故事時，可以在聽眾間傳閱這塊木牌，搭配其他爺爺與賽馬有關的紀念品，諸如：照片、新聞報導和馬毯，這樣會有更好的效果。可以請其他家庭成員來分享自己對祖父在賽馬車和養馬的記憶，這是擴大故事體驗的一種自然而傳統的方式。

講述故事

在講述家族誌時，其他的家庭成員可能會增添一些細節或提出異議。每一次講故事，都有助於你發現故事的核心，找到大多數親人都可接受的基本事實。你對一則故事的反思越多，它的意涵就越廣泛、越深遠，就更機會成為一則傳說，長久流傳下去。

一旦開始為家族故事發展出一個清晰的故事曲線，就可將其簡化成要點大綱的格式。透過這種方式，你就可以加以變化，可長可短，而不必死記硬背。**列出故事大綱，將細節化簡為關鍵字並標明其所代表的故事曲線。**

以「凱蒂．F」為例，大綱如下：

1. 場景：祖父費雪，在伊利諾伊州中西部的賽馬車比賽。
2. 人物角色：祖父母、孫子女、賽馬。
3. 第一場景（劇情鋪陳）：充滿獎杯的閣樓、期待得冠軍的比賽。
4. 第二場景（劇情鋪陳）：鄉鎮集市、看臺、賽馬場、歡呼聲、獲勝。
5. 第三場景（結局）：馬牌、凱蒂．F、贏得勝利。
6. 結局：馬廄門牌、傳說。

使用大綱來練習講故事，以數位方式儲存筆記，或列印出來以文件夾整理。在整理這類的家族故事時，錄音或錄影也不失為一個好辦法。或建立一個私人的YouTube帳戶，供家人觀看，又或是架設一個簡單的網站、錄製一系列的podcast等。

在第四章，會提供更多展現你的故事元素的工具，比方說故事地圖或故事板。也會提供更多傳達的技術。

「說故事的七個步驟」最初是「文字編織：講故事計畫」（Word Weaving Storytelling Project）的一部分，貫穿在他們非常成功的師資培訓課程中。這些課程揭開說故事藝術的神祕面紗，並將其拆解為簡單易學的幾個步驟。

練習與提示：家族誌

觸發記憶

- 照片、紀念品、珠寶首飾或其他物品可能會觸發許多記憶。
- 在親戚家的相簿和紀念品中尋找激發新故事的靈感。

- 拜訪你或家人曾經居住過的街坊或城市。
- 遊覽過往走動之處：做筆記、拍照或記錄你的想法。
- 想想你最喜歡的家庭食譜。

以家庭成員作為故事來源

- 詢問親戚一起協助你整理個人或事件的回憶成一則完整的故事。
- 在家庭聚會期間，使用錄音或錄影的方式蒐集家族故事和交流回憶。
- 記下對話片段和原始資料，以發展出完整的故事。
- 回憶一個世代相傳的故事。
- 回想你的父母或監護人告訴過你的事件。
- 回想一則你從未忘記的童年故事。
- 有哪個故事是你家中每個人都知道的？
- 回想一個你的祖父母、阿姨、叔叔或長輩所講的故事。

尋找故事題材時，讓所有的這些記憶和故事在腦海中激盪。選擇一個有結構的，有明顯的開頭、中間和結尾，一個有衝突的，當中有問題、懸疑、緊張或冒險的故事。

使用最適合你的媒材來記錄這段過程，不管是筆記本、數位資料夾、錄音片段或是一本剪貼簿。在你蒐集資料時，發展一套組織系統。它可以是一個簡單的時間表，也可以是一個家庭成員列表，甚或是一個定義你所看到的家族誌的主題。

故事高手的秘訣：家族誌

家族誌為故事提供了豐富的內容，可用於上臺表演、家庭聚會甚或是第一次約會。每個家族都有故事，有的很搞笑，有的充滿勇氣，有的甚至近乎悲劇。我們可以從中選擇適合聽眾的內容。有時，我們講給一個以前就聽過這故事的親人，可能是因為他想再聽一遍，或是因為剛好有新的家庭成員加入，想要與之分享。

這兩位說故事的人，描繪出家族誌中活潑幽默的特性，展現一則故事是如何隨著家庭跨越邊界而流傳和變動。

創意發想

克萊爾・軒尼詩（**Claire Hennessy**）是個作家兼講故事高手，二〇〇八年從英國移居到加州，兩地間的文化衝擊促使她開始寫作，算是一種便宜的心理治療。她是舊金山灣區寫作小組（Write on Mamas）的創始成員，已出版過四本文集，包括獲獎作品《她做到了：堅強向前行》（*She's Got This: Essays on Standing Strong and Moving On*）以及《只有真相，所以，上帝！請幫助我吧——轉換之路》（*Nothing But the Truth So Help Me God— Transitions.*）。她曾在「文震」、「文學慢慢」（Lit Crawl）、「飛蛾故事網」、「沼澤地」（The Marsh）以及其他場合的講故事活動中演出。

家族誌

克萊爾・軒尼詩

我如何挑選出要講的故事？我喜歡講有趣的故事，所以我會從下面這個問題開始。哪些記憶會讓我發笑或害怕？在選擇主題時，尷尬也是個重要因素。我也會和家人討論，尤其是我的兩個姐妹。我在筆記本中記下發生的事件，然後我會寫下相關事證，通常是以要點項目的形式來呈現。我會試著弄清楚故事的主要情節以及獨特之處。是什麼讓它與其他人的故事不同？是什麼使它幽默有趣？

一旦掌握到所有細節，我會打開一個新的文檔，然後開始創作。我試著像在跟別人講故事一樣地把一字一句打出來。有時候，我索性大聲講出來，同時用手機錄下自己的聲音，然後再打字。當我完成第一份草稿時，我會先擱置一陣子，通常是一整夜。等我再回頭去看時，通常會看到之前我沒有寫清楚的地方，或是我會想到更有趣的方式來寫。我也會再次大聲朗讀出來，因為這可以突顯出句子過長或結構奇怪的地方。

克萊爾的這段創作過程是個很好的例子，說明她如何選擇和撰寫要講的故事。她明白自己的最終目標是要上臺講述家族故事，直接傳達給更多的聽眾。儘管她的目標是娛樂，但是她的創作過程清楚地顯示出真實性的必要，以及使用具有引人入勝的獨特情節來構建故事的需求。諮詢家人會為故事增添真實性，也讓她在講故事時比較有信心。處處以聽眾為考量焦點，可以確保她的故事能夠成功地用口語表達。她的創作過程是從事件到工作要點，然後進入自由寫作、錄音和回到最終的草稿。這反映出她身為一個故事講者的專業，我們幾乎可以聽到觀眾給她的掌聲。

打造故事

生日傳統

克萊爾．軒尼詩

我們家非常喜歡慶祝。舉凡聖誕節、週年紀念日和達到什麼特殊成就（例如減肥成功，或某天的髮型很棒），但最重要的是，我們喜歡慶祝生日。多年來，我們發展出一些有點奇怪的傳統。

首先，在生日那天早上，我們會打電話給壽星，唱生日快樂歌，以荒腔走板的方式亂唱一通。一開始音很高，然後往低音走，還發出痛苦的顫音，最後是放聲大笑。對於聽眾來說，這可不是什麼愉快的經歷，而這正是重點所在。會演變成這樣，可能是因為我們家的每個人都沒有一副好嗓子。

我可以用個例子來說明我的聲音有多糟。在我兒子小時候，我曾帶他去參加一個母嬰小組。最後，所有的媽媽會圍成一圈，讓孩子坐在膝蓋上，唱幾首童謠。有一次我忘了無聲地對嘴，不小心唱出聲來。沒想到我兒子竟轉過頭來，堅決地把他的小手指放在我的嘴前，逗得在場每個人都笑出來。我以這種啞劇形式唱歌已經成為一種習慣，其他國家的人還以為這是一種怪異的古老英國傳統，想要效法！

我媽似乎認為光是這樣的唱歌傳統還不夠讓人尷尬，她堅持讓孩子們以一種非常奇特的方式來切生日蛋糕，她告訴我們要把刀子反過來握（所以我們用的是比較鈍的那一側來切），就這樣使勁地切下所有擺在我們面前的蛋糕——但願不是她親手做的，因為烘焙實在不是我媽的強項。就這樣，一邊使出手上微不足道的肌肉，一邊大聲尖叫地許願。她告訴我們，要是我們沒有一起做這些，願望就不會實現！若是在餐廳這類公開場合慶生時，這真的令人感到很丟臉。她從不解釋這一切緣由，而且一直否認所有其他說法。

奇怪的是，儘管在童年時代遭受這樣的心靈創傷，但我還是盡責地將這套傳統傳給了我的孩子，儘管他們百般不願。

這是一則讀起來讓人回味無窮的家族故事，展現出自嘲的幽默感和驕傲。在克萊爾頌揚她家詭異的慶生傳統時，似乎也展現出他們難以言喻的才智。克萊爾以感官細節描繪出一個完整的體驗：以種種形容詞彙來描述歌聲，讓人感到鮮活的影像，並且用很生動的手法來描繪他們切蛋糕的儀式，如「使勁」和「尖叫」。我們可以從故事的種種細節和貫穿整篇文章的情感基調，感受到她對家族傳統的真實感受。

在接連讀了兩篇關於家庭傳統的故事後，可以注意到家族內部的傳承和這當中的文化傳統。一個傳統建構在另一個傳統上，某種程度上強化了故事效果，也製造懸疑點和娛樂性。克萊爾將這些帶有羞辱成分的生日傳統傳給了自己的孩子，這是圓滿的最終結局——他們大膽的創造力得到了頌讚。這是一個展現英國幽默感的絕佳範例。

創意發想

霍梅拉．吉爾札伊（**Humaira Ghilzai**）身兼作家、演講者以及阿富汗文化的顧問，她透過頗有人氣的部落格《揭開阿富汗文化面紗》（Afghan Culture Unveiled），讓世人認識阿富汗的文化和美食。她透過充滿文化、美食以及她的家庭傳統故事來分享阿富汗的奇特之處。霍梅拉的著作發表在《安可雜誌》（*Encore Magazine*）、《瑪塔魯納：阿富汗普什圖的152句箴言》（*Mataluna: A Book of 152 Afghan Pashto Proverbs*）和平臺（Medium）。

霍梅拉．吉爾札伊

故事，就像照片一樣，最好是在近距離的場合中講述。我選擇的故事不僅對我有意義，還可以使讀者了解我的阿富汗文化。我的寫作過程不是有機的、鼓舞人心的或歡快的。我寫作的第一個小時會花在社群媒體上，諸如《紐約時報》等各種會讓人分心的網站。一旦開始感到內疚，我就會將手機上的番茄鐘設置好，定下二十五分鐘；然後我拿起筆來，開始在筆記本上寫作。有時我寫出來的完全是垃圾，但有時我會得到寶石。根據我寫的文章長度，我會重複幾次這種自我要求。

等到寫下足夠的資料後，我會用一杯荳蔻茶來獎勵自己，然後將所有內容輸入電腦，進行編輯。這開啟了一段漫長的編輯過程，在此期間我的丈夫會心不甘情不願，但很認真地扮演起編輯的角色，閱讀我爬梳整理後的片段。他通常會大加刪改我所寫的，然後我再進入下一輪的寫作修改。

我曾經試過條列大綱，但在一般情況下，最適合我的方式是在我去散步，或者做飯時認真思考一部分內容。我基本上是先想好故事的結構，才坐下來進行自由寫作。然而，沒有什麼可以取代編輯的過程，尤其是有一位值得信賴的編輯給予意見。

霍梅拉一邊跟我們分享她如何創作故事的個人歷程，還邀請我們進入她家中喝杯茶，這是她所希望突顯的阿富汗文化的一個面向。她寫作時是採行一套立即的自我獎勵系統，還有一個自家編輯從旁協助。她照表操課，按時工作，從一個基本的故事結構開始，並透過大量自由書寫和幾篇草稿來擴充。很顯然，霍梅拉在她的故事中有很強的存在感，她能夠容易地與讀者產生連結——我們會立即被她所吸引。她的幽默是另一份可愛的禮物；在她分享自己的缺點時，又讓我們更進一步進入她的敘事中。

打造故事

我的阿富汗家庭如何拯救聖誕節

霍梅拉・吉爾札伊

我記得在一九九八年，第一次輪到我和丈夫吉姆負責舉辦聖誕假期聚會。雖然我過去曾和吉姆的家人一起渡過幾個假期，但我從來沒有當過女主人。回顧過去，聖誕大餐讓我有些頭疼。而現在想來，我發現這項計畫有幾個問題：

1. 我小時候並沒有慶祝過聖誕節。
2. 我不會做菜。
3. 我根本不知道聖誕節該吃什麼。

在問了吉姆之後，發現他知道的比我還少，於是我為這個重要的日子擬定了一項計畫——在聖誕節的早晨，到街上的貝果店裡買新鮮貝果、燻鮭魚和奶油乳酪。至於晚上的聖誕節大餐，我則是打電話給附近一家高檔的食品雜貨店，訂購他們的完整套餐組，有「自製」火雞、餡料、馬鈴薯、麵包卷、蔬菜和甜點。

然而，到了聖誕節早晨，當我轉入菲爾莫爾街（Fillmore Street）時，發現整條街上的商店都關門了，包括貝果店。我整個人嚇壞了，這才驚覺聖誕節期間所有的店都不營業。不只是貝果店，還有雜貨店。我趕緊跑回家，把吉姆搖醒。

「你知道聖誕節所有的店都不開嗎？」我問。

「是啊！每個人都知道。」他說。

顯然是除了我之外的每個人。我驚慌失措地打電話給我媽，她對此感到震驚，認為若是放任我這樣搞下去，我的公婆可能會沒飯吃，而且不是一餐，是兩餐。經過早晨的一番折騰和趕工，我媽媽打電話來說，家裡會把他們的晚餐送來給我們。五點半時，我的兄弟瓦希德出現在我家門口，拿著兩隻仍熱騰騰的烤雞和幾道配菜。吉姆的家人不知道阿富汗人的待客之道，對我母親的招待感到吃驚，因為我的家人願意放棄一餐飯，好讓我們可以享用一份特別的聖誕晚餐。

家族誌應該是溫馨而具有包容性：霍梅拉一開始就以謙遜的口氣邀請我們進到她家的聖誕節，讓讀者一起經歷她的假期窘境——一個新婚的阿富汗女性要怎麼為美國丈夫的家人舉辦聖誕節聚餐？她選擇的故事標題就說明了一切：她需要一個阿富汗家庭來接待公婆。

即使霍梅拉早在十一歲時就因為蘇聯入侵而跟著家人赴美尋求移民庇護，但她從來沒有經歷過美國的聖誕節傳統。她的家庭會享受放假和節後的折扣，但他們不會交換禮物。她對這一切缺乏理解，反而成了很好的場景設置，帶出她精心安排的聖誕餐點整個泡湯的過程。她驚慌失措時打電話給她的母親，我們不僅看到霍梅拉當下面臨的困境，也感受到她遭遇的文化困境。在她的阿富汗家人眼中，沒有好好招待客人是一種恥辱，會讓他們的省、他們的部族、qala（大家族）以及他們家蒙羞。這個故事最棒的地方是在聖誕節這一天，將這兩種傳統融合起來，展現出家族誌如何隨著家庭的變動而變化。

家庭秘密與陰影

再也沒有什麼比家庭秘密更糾結和揪心的，直到有人把它說出來。秘密有辦法隱藏在眾目睽睽之下。總是有低聲流傳的謠言，謎題般的缺角和不斷改口的故事。但是，正如共享的家族誌可以發展出力量和認同感，沒說出口的家庭秘密也會破壞信任感。那些持續存在、未說出口和為人誤解的秘密會侵蝕家庭的根基。家中那些感覺靈敏的成員會察覺到真相被隱藏，他們可能因此害怕，或是將內疚和羞恥感內化。家庭秘密輕則造成隔閡，重則讓家人彼此疏離，或是讓整個家庭遠離大家族。

有些家庭秘密比其他秘密造成的傷害更大。那些造成創傷，違反某些禁忌或造成生活改變的秘密必須吐露出來。其中一些重要秘密只能私底下在家庭內部分享，而且只有與年齡大到有辦法理解的家庭成員分享。當然，在長大成人後，大部分的孩子應當知道大多數重要的家庭秘密，這些一度隱瞞的秘密不斷以種種可預見和不可預見的方式影響他們生活。

正如心理健康教育家和《他們保守的秘密》（*The Secrets They Kept*）一書的作者蘇

珊娜・漢德勒（Suzanne Handler）所警示的：

> 在家庭中保守秘密可能會造成錯誤的現實感，特別是在兒童身上。當最終得知事實真相時，無論是從父母那裡聽來，或是更糟的，來自家庭以外的人，他們的世界都可能因此崩毀。不論年齡大小，對兒童保密都會產生深遠的影響。習慣隱瞞孩子的父母應該要明白，這種隱瞞的行為很可能導致後代重蹈覆轍。

有鑑於家庭秘密的敏感性，故事講者處理時應格外小心。即使明擺在眼前，家庭中仍會有些人永遠無法接受真相。然而，也會有些家人因為得知新故事而感到豁然開朗，覺得如釋重負，或是得到支持。對許多人來說，這可能是一個強大的治癒過程。當然，也有些親戚對家庭秘密很著迷，以講述家庭秘密為樂。身為一個家庭成員和故事講者，在分享家庭秘密時經常得面臨挑戰，必須想辦法以負責任而又持久的方式來講述。

秘密造就了最好的故事。在小說中，秘密可以提供動機、情節、人物甚至是場景。從《包法利夫人》（*Madame Bovary*）到《魔女嘉莉》（*Carrie*），從《蝴蝶夢》（*Rebecca*）到《美麗心計》（*Big Little Lies*），從驚悚小說到愛情故事，從充滿神祕感的女性小說到科幻小說，故事往往都圍繞著各種秘密。許多書在書名中就包含「秘密」一詞。秘密會吸引讀者，並為作者創造情節張力。在女性小說和回憶錄中，家庭秘密則扮演重要的角色。要讓一本書暢銷，沒有什麼比得上一個「深藏的家庭秘密」更有賣點了。

說故事的人要如何利用這種強大的情節轉折——揭開嚴加保守堅決不洩漏的秘密？就跟家族誌一樣，最好是從你自己和你需要講述的家庭秘密開始，就算只是跟你的直系親屬講也無妨。這會是一個很好的開端，秘密經過幾世代的保存，一旦說出來，就會煙消雲散。

創意發想

當你在思量家人的秘密時，無論是從親戚那裡得知，或是研究查訪得來，可以選擇那些在你看來揭露出最多真相的來源。當中有哪些對你的身分認同影響最大？解決曾經困擾你的迷惑？挑選對個人影響最深遠的秘密，塑造成故事來講，或是記錄在筆記本中，或加以錄製。當你分享這些內容時，可能會鼓動其他家庭成員也分享他們的秘密。

例如，我的家人保守的秘密比分享的多。即使年紀很小，我也覺得父母很奇怪，為什麼那麼常搬家，為什麼我們要與其他親戚住得那麼遠？我媽媽並不知道真正的原因，她也被瞞在鼓裡十多年，等到後來知道真相後，又發誓要絕對保密，因此直到我三十出頭，才開始明白箇中原因。多年後，我發覺這些隱藏的真相對我們產生持續而深遠的影響。事實上，這種可恥的秘密不可避免地影響到我和我兩個兄弟的童年。

秘密：一九三九年我的父母在天主教堂結婚時，父親已經知道自己其實是同性戀，但是在大多數的州，同性戀是違法的，而且是違反刑法。在其他人的建議下，爸爸決定假裝自己是異性戀，並且結婚成家。這個家庭秘密就這樣被深埋長達數十年。對於我的生命故事、童年家庭以及與我們的親朋好友來說，這都產生重大影響。一直到要到同性戀除罪化，我的父親不會因為其性取向而入獄，這秘密才浮上檯面，這一切真的令人寒心。毫無疑問，他們有理由保持沉默——但這當中也有否認。我父親已經在多年前去世，願他得到安息。但現在我該如何講這個家族故事？

要讓一個家庭秘密能夠獨立為一個故事，至少應包含三個清晰的故事曲線：

- 開端：秘密造成的緊張和衝突、產生最大衝擊的種種場景。
- 揭露：隨著時間過去，部分或全部的秘密被公開的場景。
- 結局：真相及其解釋、接受或否認的場景。

故事中的每個場景都必須包含基本的故事元素：

- 場景。
- 人物角色。
- 情節中的感官意象。
- 情節中的對話。

當我在想我爸爸的秘密，以及它如何影響到我們所有不知情的人的生活時，我想起爸爸的表弟比爾。比爾和我父親有同樣的秘密，但選擇了不同的生活道路。然而，這對表兄弟都活在陰影中。

熟食店的冷櫃

一九六〇年代我前往舊金山讀研究所，當時，我的奶奶大老遠地從伊利諾州的基瓦尼給我寫了一封信。「為什麼你不去看看你的表叔比爾？」她寫道：「他是我姐姐艾達的兒子，在中央市場的一間雜貨店工作。」

我回信說，我一定會去，因為那正好就是**我的**雜貨店，就在加州街上往下走兩個街口的地方，位於時髦街區菲爾莫爾（Fillmore）的一角。想到要去見他，我整個人都興奮起來，還想要邀請他到我住的地方坐坐。不知道為什麼我從來沒有聽說過比爾，但我爸很少談他的親戚——他與他們總是保持距離。

我在熟食店的櫃檯後面找到比爾，那是一個巨大的白色冷櫃，裡面裝滿了提供給菲爾莫爾上城區有錢人的美味佳餚。他看起來跟我父親好像，有一雙淡藍色的明亮眼睛、高挺的鼻子和削瘦的臉龐。他眼中散發的光芒讓我想到我那位妖嬌的祖母，也就是他的姨媽。

但是當他和他的伴侶唐一起探訪時，我們的友誼頓時冷卻下來。那天，唐坐在客廳裡，他把稀疏的黑髮往後梳了一個油頭，並且瞪著我和我的藝術家室友南希，讓大家都明白是誰在主導一切，他不僅是管理那間商店的經理，顯然也掌管比爾。比爾很少開口，他無奈地瞥了幾眼我們這間陳設稀疏的房間。我的室友和我當下就明白他要傳達的訊息。

他們離開後，我們互相竊竊私語，「你覺得他們是同性戀嗎？」我的嬉皮室友說：「哇！那個唐完全不想讓你靠近你的表叔。」

後來，當我在中央車站購物時，我會停在熟食店櫃檯前，只是打個招呼。我們會偷偷交換幾個眼神，比爾向我致以無言的歉意——他的藍眼睛裡充滿了遺憾。我後來搬離那個街區，一直保守他們的秘密，而比爾和唐的那家高檔商店生意相當興隆。我為比爾感到高興，直到在一九九三年五月在《馬林獨立日報》上讀到他的訃聞：無親屬。無葬禮。葬於伊利諾州基瓦尼。

哦！比爾，我的心中充滿遺憾。

打造故事

將與表叔比爾的短暫相遇轉變成一個故事，整個過程對我來說很療癒。在腦海裡，我回想當時接觸的瞬間，將其不斷放大：雜貨店的細節、巨大的熟食櫃檯，以及陳列食物的冷櫃如何成為一道難以逾越的障礙。我對比爾的眼睛記憶猶新；它們充滿了表情，從見到我的喜悅到緊張的目光，最後是從玻璃櫃檯上方掠過的痛苦目光。比爾不用說話，我了解他的焦慮。這風險太大了，舉凡他的秘密生活、他的人際關係以及他的財務狀況。我確實尊重這些理由，而我的祖母對此仍然渾然不知。我也意識到我對失去這位表叔的感覺一直存在著。當我結束這個故事時，我發現承認比爾這個人和他逝世的孤獨感，是通往治癒並最終接受他的生活選擇的一種方式。

在網路上的簡單搜尋幫助我了解更多關於比爾的生活，補充了這中間的空隙。我得知在二次世界大戰期間，他曾是美國陸軍準尉，是一位受過訓練的專家，之後被派到加州蒙特雷的普西迪（Presidio）軍事基地。我推測應該就是在那裡，他遇到了他的伴侶，發現了舊金山的秘密男同性戀社群，並在戰爭結束後開始在食品雜貨店工作。我還知道，雖然比爾在沒留遺囑的情況下獨自死去，但他曾經很有錢。大中央市場仍然是舊金山的地標，是在日益高檔化的社區中的高級商店。當連鎖超市集團莫利斯通（Mollie Stone's Markets）收購這間市場時，並沒有拆下原來的大中央市場的標誌——這是在向優良的老市場致意，也等於是秘密地向比爾致意。

做這些研究是要增添故事中比爾生活的深度，也讓我可以充滿信心地講這個故事，並且因為認識比爾的成就而接受他。

意義層

在選擇這個家族秘密並為這個故事選定一個標題時，我發現那層痛苦仍然存在於我和我表叔之間。在我寫下結局時，對於我們不能擁有友好關係的遺憾越來越消退。當我繼續講述這個家族秘密，將這位表叔介紹給其他家庭成員時，就可能產生療癒的作用。這個故事對我來說意義重大。它使我能夠：

- 想起獨自住在附近，堅持獨立生活的表叔。
- 重拾失去的親戚關係。
- 頌讚他的記憶和生活選擇。
- 表彰他的成功和貢獻。
- 將他的人生選擇與我的父親，也就是他的大表哥比較。
- 承認家族之間的緊密連繫。

在家庭聚會中分享這個故事可能會促成進一步的對話，包括如何珍惜所有家庭成員，如何與生活在家族陰影中的人接觸，如何頌揚每個親戚的獨特性及其內在價值。可能還會討論LGBTQ社群正在努力推動的事，以及這些問題如何繼續影響我們的家族。

講述故事

家族秘密具有持久的效應。當你發現那些承繼的家族遺產中最為重要的部分時，也會發現它們帶來的持久成果；你對家庭動態的了解也隨之加深。最重要的是，你的看法將會成為故事的一部分，產生影響其他家族成員的效應。有些人還是會拒絕。知道何時以及如何分享故事的敏感度，也是故事的基本要件。

就跟所有書寫草稿一樣，將連續的情節化簡為扼要的大綱。如此一來，就無須死背硬記，可以輕鬆地開口講故事，還能夠根據聽眾的喜好來添加細節。

概述故事，將詳細訊息簡化為關鍵字，並標示出故事曲線。

以〈熟食店的冷櫃〉為例，下面是這個故事的大綱。

1. 場景：舊金山社區、下太平洋高級區、一九六〇年代、公寓、雜貨店。
2. 人物角色：表叔比爾、他的伴侶唐、室友南希、我。
3. 第一場景（劇情鋪陳）：與我表叔相遇。
4. 第二場景（劇情鋪陳）：我的表叔和伴侶來我的公寓拜訪。
5. 第三場景：窺視熟食店。

6. 結局：比爾的過世，我的遺憾。

將你的家族回憶寫成故事大綱，置入照片或其他相關文件，存在數位資料夾或是文件夾中。這個故事儘管不再被掩蓋，也能被更嚴密地保存著。

你也可以使用第四章中的結構性工具和技巧來塑造你要講的故事，例如故事圖或思心智圖以及故事板。

「說故事的七個步驟」最初是「文字編織：講故事計畫」（Word Weaving Storytelling Project）的一部分，貫穿在他們非常成功的師資培訓課程中。這些課程揭開說故事的藝術的神祕面紗，並將其拆解為簡單易學的幾個步驟。

練習與提示：家庭秘密與陰影

提示：陰影

1. 回想一位被遺棄或遺忘的家族成員。

2. 回憶一位讓家族蒙羞的成員。
3. 回顧在過去幾代裡犯錯的家庭成員。
4. 回憶一位遭到誣賴的人。
5. 試想一位被過時的禁忌批評的家庭成員。
6. 回想一個不完美或有缺點的親戚。
7. 回想一段你被批評，或是家人看輕你的時候，當時發生了什麼？

提示：秘密

1. 最糟糕的家庭秘密是什麼？
2. 三代或四代以前的家族成員人犯下哪些不當行為？
3. 祖父母那一代人保守了哪些秘密？
4. 你父母那一代保守了什麼秘密？
5. 你或你兄弟姐妹的秘密是什麼？
6. 今天，你的家族還隱藏著什麼秘密？
7. 有什麼秘密你想與家人分享？

一邊任由所有這些記憶和故事在你腦中激盪，一邊從中找尋一個你想講的故事。挑選一個結構清晰的故事，有開頭、中間和結尾，一個有衝突、問題、懸念、緊張或冒險的故事。

選用最適合你的媒材來記錄這個過程，不論是筆記型電腦、數位檔案、錄音片段或剪貼簿。在蒐集資料時，請發展出一套組織系統，可以是一條簡單的時間軸線，也可以是一份家庭成員列表。

故事高手的秘訣：家族秘密與陰影

隱藏在陰影中的家族秘密和家族成員所產生的影響力，可能超出你的想像。過往遭到壓抑的，都會以其獨特的方式浮上檯面，而且可能是在不知不覺中發生。為這些靜默的故事發聲，可以豐富整個家族。若是抱持著同情和慈悲心來建構故事，家族或許可以開始接受過去一度迴避的問題，並在這過程中得到治癒。說故事的人發現真的能透過打開過去的門，釋放出當中的恥辱而得到治療。

創造故事

馬琳．卡倫（**Marlene Cullen**）熱衷於推廣鼓勵人們寫作，甚至是那些自認不會寫作的人。她的《樂寫文選》（*The Write Spot*）叢書就是以有趣和啟發其他作家為特色。馬琳是佩塔盧馬作家協會（**Writers Forum of Petaluma**）的創辦人，這是每月舉辦一次的文學活動，會請講者來談論寫作技巧和相關的一切。馬琳獲獎的短篇小說和散文散見於文學期刊、文集和報紙上，包括《小光》（*Tiny Lights*）、《建橋》（*Building Bridges*）、《更多的橋梁》（*More Bridges*）、《紅木作家文選》（*Redwood Writers*）和《樂寫文選》。

自由寫作風格

馬琳．卡倫

我熱衷於自由寫作，透過一種恣意而為的寫作方式，讓字詞蹦出，讓它們落下，無論落往何處，對於結果並沒有任何既定想法，也不特別擔心。自由寫作是一個探索和玩耍的機會。在這樣獨特的寫作過程中，會產生一些想法。自由寫作還可以為日後的寫作提供思路。

在自由寫作時，個人經歷會浮現出來，或是也可以寫一些關於發生在其他人身上的事情。若寫的是小說，則可以按照人物角色設定來擬定。寫作提示可以用來激發寫作。這些提示可以是一個字、一句話、一張圖、一個聲音、一種氣味或是從一本書或一首詩中讀到的一行。將計時器設置在十五分鐘，以掌握寫作的時間。從中選擇一個提示，然後開始寫作。

自由寫作或意識流寫作可能會帶來新想法，也許會揭露出訊息，或是浮現過去從未發現的答案。經過幾次自由寫作後，我對父親有了一番頓悟。

馬琳採用「自由寫作」的方式來書寫，結果極為成功，多年來她與許多作家分享這套方法。這也稱為「定時寫作」，其結果是不可預測的、深具創造力，而且有時甚至令人驚訝不已。這顯然是好方法，能夠深入一個人記憶的陰影中，得到他對家族中不再重視的成員的看法，好比馬琳之於她父親的例子。透過不帶任何評斷的方式在腦海中探尋一個主題，她透露出自己的感受，那些她一直不願開口談的秘密。就像馬琳所做的，以一個關於家族秘密的提示來開始發想，任憑你的自由寫作指引你。採用自由寫作的方式來探索自己家族中的秘密和陰影吧。

打造故事

與父親的相遇

馬琳・卡倫

我總是難以描述我的父親無法與家人融合的窘境。他是個海上商人，會離開家好幾個月。他會為我和妹妹們帶回來充滿異國情調的玩具和衣服，但總是太小。「我有一個完美的家庭：一個爸爸、一個媽媽和兩個小妹妹。」我知道我沒對小學二年級的玩伴說實話，但如果我努力地假裝，也許它就會變成真的。

當我父親在家時，意味著他沒工作，可以在附近的某個酒吧找到他的身影。在我的兒時記憶中，對父親的記憶很少，而且都不是什麼好事。我能說出最好的一件事是大家叫他「第三街的醉漢」，他三十七歲時死於與酒精有關的疾病。那年我十六歲。

當我五十四歲時，經歷一系列偶然事件，我遇到了父親高中時最好的一群朋友。在他們口中，他是個幸運的孩子。他們說比爾是一個安靜的人，一個紳士，一個愛惡作劇的人，而且非常敏感。透過他年少時代朋友的眼睛來看父親，讓我認識了一個我毫不熟悉的人。

在隨意書寫的過程中，我發現自己的父親不只是一個有酗酒問題的人，他還是一個丈夫和一個父親，一個孝順的兒子，同時也是忠誠的朋友，努力度過生活中的種種挑戰。

關於父親的幾篇自由書寫最後演變成一篇故事，揭示出我對父親的頓悟，這篇故事收錄在《樂寫：回憶》（*The Write Spot: Memories*）中。最終我對此的看法是：「他是我的一部分，有不完美的部分，也有好的部分。他是我孫女的一部分，她也生了一雙淡褐色的眼睛。」要是沒有做這番自由書寫練習，父親在我心中仍然是一個「微不足道」的人。

多虧馬琳願意敞開心房，去認識這位她家人心中不負責任的爸爸，才能得到關於他的新訊息。使用了許多她教導過其他人的寫作技巧，顯露了她渴望回到那段被壓抑的過去。馬琳知道可以透過自由書寫來達成她的目標：在繼續書寫的過程中，終於與她的父親相遇。她之所以成功，部分原因是在於想要找到他的意向。另一個則是她的自由寫作練習，讓她得以找出記憶中的新面向。自由寫作會促進自由聯想——一個片段或記憶會帶來另一段。

創意發想

K・J・蘭迪斯（KJ Landis）寫作、教學並且擔任健康和生活教練。她擁有教育學士學位以及個人訓練、皮拉提斯和健身課程指導證書，同時還有心理學、兒童發展和營養方面的進修教育證書。K・J・蘭迪斯寫了許多關於健康的書。她每週用影片和部落格文章分享整全療癒資訊，以及提供具激勵與啟發性的幫助。

K・J・蘭迪斯

我在準備講招牌故事時，會做一項與眾不同的練習。我會去參加表演工作坊，特別是關於即興表演的。我最喜歡的寫作指導主要在教導學生如何編寫和演出單人秀。我們會做大量的動作和發聲練習，然後會給一個書寫提示，讓我們寫十到十二分鐘，並在一個安全的空間中讓我們大聲讀出，彼此分享招牌故事——這意味著我們承諾把所有分享的內容留在這房間裡。將表演與寫作相結合，讓我們能夠體驗到我們是誰，以及我們想與他人分享的諸多面相。透過分享我們的個人敘事，也有助於我們了解自己對他人的影響。

如何選擇要寫下的個人記憶？選擇一段生動的記憶，一段你記得當中每個細節的記憶，選擇對你來說有很多風險的記憶。每個記憶都有起點、中間和終點，也都有內部衝突。不見得一定要有掙扎，只需要足夠有意義，就可以讓人記住好幾年。

就某方面來看，蘭迪斯的寫作過程與馬琳的自由書寫類似，她使用寫作提示和定時寫作任意探索記憶。蘭迪斯進一步透過表演工作坊的即興創作和肢體動作技巧來激發故事創作。當說故事的人起身，在即興狀態與小組的其他成員一起互動，故事就會更加生動。蘭迪斯探究事件的深層情感含義，將其轉化為表演藝術。這些技巧在處理創傷經歷、受到埋藏的記憶以及釋放情緒痛苦上特別有效。蘭迪斯投身於健康事業，擔任生活教練，這些經歷又激發她去認識和講述她的生活故事。透過這樣的過程，以及完全擁抱她的故事，她得以透過說故事的藝術來療癒並傳達她經歷的真相。

打造故事

約會之夜：故事摘要

K．J．蘭迪斯

我出生在一個東歐的俄羅斯移民家族中，是一個七歲的猶太小女孩，家中五個孩子中最小的。在匹茲堡的家中，大人經常講意第緒語（Yiddish），這樣就可以讓我們這群孩子聽不懂他們的秘密。

小時候，我熱愛母親的美貌、她的珠寶、派對上穿的時髦服裝，還有她的烹飪和烘焙技巧以及睡前講的故事。她經常和父親去舞廳跳舞，在高檔的夜總會裡晚餐，而我會在她出門前幫她梳妝打扮。看到她打扮得光彩奪目，踏出家門，總是令人興奮不已。

但是在我內心潛伏著一些感受——害怕。我真的不想要她離開，因為每次聽到她穿著高跟鞋下樓，叩叩叩地走向前門，我就知道接下來會發生什麼事。

我寫了一篇故事關於我父母在約會之夜離開家，把我們託給保姆時所發生的事情。

簡單來說，這不體面，也不有趣。

看著我，看著我，現在看著我，看著我，我長大了——我在成長。我那時別無選擇，只能求生存。生存就是茁壯。它在那兒，永遠都在，只是在平靜的表面下如沸水一樣不斷冒泡泡。記憶在我的毛衣下不斷冒出，滲入我的皮膚。我沒有選擇。

在這篇故事摘要中，蘭迪斯的目的是大聲說出而不是閱讀，它吐露出一個秘密，一個在家庭和今日社會中經常會被隱藏起來的秘密。對兒童的性虐待才剛開始成為公眾關注的焦點，然而，這些經歷是令人痛苦的，並造成長久的損害。蘭迪斯的講故事技巧一流，從她架構這個故事的開頭就可以明顯看出：意第緒語是她父母想要保守秘密時，不讓孩子知道時所用的語言。這樣的開端在故事的結尾所產生的諷刺感不言而喻：孩子也對他們的父母有說不出口的可怕秘密。

蘭迪斯在形容她母親的美貌，以及她與父親約會之夜所散發魅力的描述中創造出懸疑感。充滿刺激感官的生動影像，在她母親離開前叩叩叩的高跟鞋聲響。這幾個具體細節將我們帶入了她記憶中的故事。雖然蘭迪斯沒有明說在她父母出門的約會之夜到底發生了什麼事，我們還是可以知道——她故事的最後圖像宛如能觸碰到。這故事用一個重複的短語，做出有力的結局，從過去的緊張，轉變到目前的緊張：「我**那時**別無選擇；

我沒有選擇。」最後，蘭迪斯告訴我們，即使痛苦的回憶永遠存在，她還是選擇生存和成長。

要是任憑家庭的秘密和陰影永遠埋葬在記憶中，家庭的根基會因此弱化。以負責任的方式將真相告訴那些足夠成熟的家庭成員，可以釋放這些事情的負面效應。事實可以讓你的家人自由——在接受彼此的秘密時，家人可以更有同情心地相互接納。透過故事講述家庭秘密，是強大而深具說服力的藝術。

家族傳奇

家族傳奇故事是家庭說故事傳統中的要角。這些故事似乎每個人都有耳聞，或者至少聽過。這些常常有人掛在嘴邊的故事，傳達著祖先前人的強大訊息。體認到家族中有自外於主流文化的文學遺產，對家族成員甚有裨益，表示我們擁有可從中汲取智慧的祖傳經驗資料庫。在我們身上這份家族傳統故事的效應會一直產生作用，無論我們是否完全記得。能夠認識這些故事當然很好，但要是能講這些故事——而且是好好地講出來，那就更好了。

因為家人間共享這份親密感，若能得知家族流傳的故事真相，會讓人對自己的根源產生更深的連繫。家族間獨特的故事，是我們祖先特有的經歷，讓人對生命產生獨特的理解，這是其他訊息無法比擬的。我們會和這些故事產生連繫，因為它們非常個人化，覺得這些故事讓人感同身受、深入心坎。即使真相是普世性的，也沒有一個家族會承繼到完全相同的故事遺產。聽到這些故事時會令人精神為之一振，從中獲得力量。**家族傳承的故事可以讓我們在這瞬息萬變的現代中穩定處世，讓我們擁有長遠的眼光——在緬懷過去之際，有助於我們面對現在，想像未來。**

家族傳奇故事通常與家族誌或家庭秘密雷同。不過，家族傳奇故事是從另一個角度來看待，回顧前幾代家人的事蹟，從他們身上汲取教訓，並且思考他們如何與歷史連繫起來。家族傳奇故事通常具有歷史背景，而且在世代傳承之間具有重要意義。這樣的故事與每個家族的身分認同息息相關。每個家族傳奇故事都具有令人難忘的特性，也許是因為充滿戲劇性，也或許是因為表達了一種核心信念。

若我們想影響下一代子孫，透過說故事的藝術來講述家族傳奇，突顯當中的價值觀和經驗教訓，通常會比訓斥苛責、以兇狠的語氣來警告來得成功有效。

瑞秋・弗里德（Rachael Freed）是「生活遺產／生命傳奇」（Life-Legacies）的創始人，同時也是《你所繼承的重要遺產》（*Your Legacy Matters*）的作者，她鼓勵各個家庭去尋找並講述重要的家族傳奇故事。

身為說故事的人，我們本身就對故事很著迷，尤其是那些與我們息息相關的故事。我們寫的那些關於家族的故事，不論是我們的祖先前人、他們的價值觀還是他們的時代，都讓我們的孩子能夠超越時空，發現或重新發現他們的歷史，讓他們更能根深蒂固地扎根於世界。家族故事也為孩子們提供了一種價值觀，這可能會影響到他們的未來。

創意發想

既然家族傳奇故事是家族文化內部的一部分，你可能知道一個片段，但也許對整個故事的來龍去脈並不清楚，難以追尋。你可能不確定自己記得的是否正確。這時可請教其他家族成員，或是閱讀家族紀錄，這些都有助於填補空白缺失。不過，最好的方式是先從你記得，或是你認為你知道的地方開始。這會給你一個構建故事的基礎，然後可由此添加細節、檢查消息來源，根據你自己的理解來寫故事。

比方說，前去伊利諾州的龐蒂亞克（Pontiac）探望祖父施泰德時，祖父給我講了一個他在一九四〇年代某個夏日被繼母虐待的故事。那天我們坐在他的造景花園裡，我可能只有六歲。雖然當時還有其他的兒孫在附近玩耍，但我清楚記得，祖父只對我講這個故事，他說的時候還以激動的眼神看著我，並且做出生動的手勢。他告訴我，小時候他的繼母懲罰他時，會把他鎖在房間裡，不給他食物或水。等晚餐時間一到，她會打開門，給他這個非常飢餓的孩子一碗水，但裡面只放了石頭，而非湯和麵包。我聽得整個人都嚇壞了。

這只是一段短暫的記憶，卻提供了一個情境，給祖父童年受虐的故事一個脈絡。透過直接告訴我這件事，他讓我對此產生完整的感受——透過他凝視著我的眼睛，確定我聽明白了，還有他如何用手勢比出碗的形狀。當時我只是個小孩，不知道爺爺講這故事的動機，只是感受到他的痛苦。但記得這片段，有助於我理解他身為孤兒的其他事跡，我總結在下述的〈鞋匠的學徒〉片段中。這個悲傷的故事，是施泰德的家族傳奇故事，一再受到傳誦，是每個孫子女和曾孫子女都會聽到的故事。

選擇這則家族傳奇故事並不困難，基於它在家族傳統中的引人注目程度。請記住家族傳奇故事要符合下列特徵：

- 過去兩三代的祖傳故事。
- 若可能的話，故事的起源，納入多種資訊來源或組合，諸如口耳相傳的、研究查訪以及主流的原始資料，如報紙、檔案館與歷史學會。
- 歷史地位：與廣泛的社會背景、歷史紀錄的關聯性。
- 經驗教訓的傳承，無論是彰顯還是隱含其中的智慧，對家庭文化都很重要。
- 聽眾：新世代需要聽的內容，或他們能理解的故事。

就上述這些標準來看，我選擇並重述了祖父施泰德的家族傳奇故事。這則故事也和今日社會有關，不論是當前的美國移民政策爭議，還是那些獲得美國親戚贊助但無人陪伴的青少年遭遇。

鞋匠的學徒

大約在十九世紀末，有個孤單瘦弱、沒有親人的男孩在慕尼黑鋪著鵝卵石的街道上徘徊，當時的慕尼黑是德國巴伐利亞邦裡最大的城市。儘管他身型矮小，而且病懨懨地咳嗽，他還是挨家挨戶地乞求舊鞋子和皮革。這個男孩就是我的祖父路德維希·海因里希·施泰德（Ludwig Heinrich Stadler），他在十歲時就去當鞋匠學徒。他經常被師傅派去乞討皮革碎片好讓他們修鞋。小路德維希是個沒人要的孩子，是他那個大家庭的負擔，他的繼父母起初根本不理他，後來他們把他送去當學徒，甚至沒有告訴其他親戚或他同母異父的姊姊泰瑞莎。

在她受堅信禮的那天，泰瑞莎的教父教母帶她到慕尼黑去慶生，享用一頓特別的午餐。在一家高級糕點店享受著她的禮物時，泰瑞莎看到一個男孩，看上去像是街頭頑童，面朝著商店的櫥窗，張大眼睛瞪著那些美味的蛋糕和甜點。

「哦！看那個可憐的男孩。」她說：「為什麼——天啊！那是小路德維希在看窗戶！」她跑去抱她的弟弟。「你發生什麼事了？你的衣服好髒。」

她的教父教母跟著趕到外面。強壯的教父教母把路德維希抱起來，帶他到糕點店裡，給他熱巧克力和熱食。路德維希一邊大啖美食一邊感謝，並且告訴他們他在哪裡當學徒，很快地，他就帶著他個人的小袋子，開心地離開鞋匠的工作桌。

泰瑞莎的教父母回到蒂特林（Titling）村時，給路德維希尚存的親戚送了消息，通知他們路德維希的身體狀況不佳。施泰德家族對於路德維希遭到的苛刻待遇感到憤慨。這個挨餓的男孩病了，實際上，他罹患了肺病。

「你們對這孩子做了什麼！」他們指責收養小路德維希的繼父繼母虐童，說他們偷走了留給路德維希的錢，然後把他賣去當學徒。

他母親的親戚十分憤怒，強行把他送去奧地利境內的阿爾卑斯高山上一間位於因斯布魯克的修道院，在高山新鮮的空氣中恢復健康，也許會成為一名牧師。路德維希在大修道院的廚房裡工作，學到了營養學。十五歲時，他的身體強健，足夠搭乘統艙渡海，在阿姨和舅舅的贊助下，他移民到美國南達科他州的牧場，這是他最終的避風港。

祖父的故事讓我們學到很多，有教父教母的祝福，還有母親和阿姨以及路德維希與姊姊之間牢不可破的手足之情，還有關於人生的韌性、堅忍及求生存。

打造故事

這個故事發生在很久以前，因此我希望能讓它聽起來像是一則古老的民間故事，發生在巴伐利亞王國時代以鵝卵石鋪成的街道上。事實上，直到一次世界大戰結束，訂出停戰協議後，歐洲的世界秩序才開始變化。路德維希的童年在我看來，沾染著許多中世紀的味道。

我是從母親那邊聽到這則家族傳奇故事，她就是路德維希的女兒；而她是直接從祖父的同母異父姊姊泰瑞莎那裡聽到的。在路德維希抵達南達科他州時，他請求他的阿姨和舅舅資助他的孤兒姊姊，因為擔心在繼父母手中，她不會有好日子過。後來大家都管她叫特拉澤爾姨婆（Tante Trazel），她成為一位學校老師，並對許多外甥和外甥女講過當年救了她弟弟的故事。我的母親有七個兄弟姊妹，每當有新成員加入這個家庭，或是家庭聚會時，經常會講這個故事。

路德維希的出身和族裔仍然是個謎，儘管很多家族成員試圖去查訪他親生父親的身分。但是，我們只從在德國的家譜探查工作中得知他母親以及他第一個繼父在巴伐利亞的家族。透過口述回憶、書信以及美國軍事文件，我們發現路德維希曾經簽下志願從軍的同意書，參加美西戰爭（Spanish American War），由於在南達科他州擔任越野騎手的經驗，而被分配為騎兵，之後又被派往菲律賓。路德維希在菲律賓時成為潘興將軍（General Pershing）的軍營廚師，後來又在一九一六年到一九一七年，隨著潘興將軍的潘喬維拉探險隊前往墨西哥。路德維希於一九一七年在舊金山的軍事要塞退役。

一九一八年，路德維希參加州的公務員考試，爭取擔任伊利諾州監獄系統中的營養師一職。由於他在奧地利的因斯布魯克修道院受過膳食教育，加上具有在潘興將軍的軍事任務中擔任營地廚師的資歷，因此十分適合這一職位。路德維希在伊利諾伊州監獄系統中擔任營養師，直至退休。

從童年時代到修道院和南達科他州牧場的職業生涯，再參加軍事遠征，最後是在監獄的工作，路德維希一生都在嚴酷的環境中生存。就某些方面來看，他從未擺脫過早年殘酷的生活條件。然而，他後來成為同樣活在這些嚴峻條件下的人的廚師。

在做過這些研究後，我對路德維希的生活和這個家族傳奇故事有了更深一層的認識，在了解起源和來龍去脈後，我可以更有信心地講這個故事。

意義層

這則家族傳奇故事以及相關研究所揭露的背後事實，加上外祖父的整段人生故事，可說是錯綜複雜。它對家族成員的意義可能因人而異，因為這當中同時包含強大的正面和負面影響。

- 堅忍與韌性。
- 飢餓與養育。
- 孤兒與族長。
- 移民和愛國者。

大多數的家族成員都為路德維希戲劇性的獲救，以及之後的正面成果感到高興。然而，這當中也有無法逆轉的傷害。路德維希的家族傳奇故事，是在極端剝奪的環境下產生的終極慈悲。我們家族可以振作起來，相信人性本善，但我們也同時學到人的殘酷和貪婪，以及人性的光明面與黑暗面。這是一則令人難忘的故事，在很小的時候就教會我們嚴峻的智慧。我大膽猜測，很多家族傳奇故事也是教授類似的道理。

講述故事

家族傳奇故事是大多數家族成員都曾聽過的故事，也或許將會是世代傳承的故事。但是不能假定每個家族成員都知道這個故事的完整結構，這點很重要。他們可能只知道部分的細節。當填補他們記憶中的空白時，可能會發現其中一個人物變得比另一個更重要，這主要取決於你的聽眾。好比說，隨著對每個家庭成員在家族傳奇故事中所扮演的角色更加認識，你對這故事的理解可能也會跟著改變。長時間下來，你所講的故事也會隨著你的見解與看法而變化。

你的家族遺產故事具有一個基本結構。一旦你找出這個故事的結構與完整的故事曲線，便可將發生的事件化簡成大綱要點。這樣做，不用死背整篇故事，你也能很輕鬆地講述，並根據不同場合修改。

列出故事大綱，將詳細訊息簡化為關鍵字，並標明故事曲線。

以〈鞋匠的學徒〉為例，以下是大綱：

1. 場景：一八八九年，德國慕尼黑的街道，蒂特林村，巴伐利亞森林。
2. 人物角色：祖父、同母異父的姊姊、教父教母、繼父繼母、母親的親戚。

3. 第一場景（劇情鋪陳）：路德維希沿街乞討舊皮革、鞋匠的學徒。
4. 第二場景（劇情鋪陳）：路德維希在糕點店，被同母異父的姊姊發現。
5. 第三場景（劇情鋪陳）：回到村子，因他的病痛而憤怒的親戚、治療。
6. 結局：奧地利的阿爾卑斯山、修道院、移民南達科他州、牛仔。
7. 教訓：慈悲、韌性，堅忍和生存。

以這份大綱為基礎，將其記在數位或紙本文件中，將你的家族傳奇故事轉成錄音或錄影檔案來保存。

第四章提供其他方法來幫助你架構故事，包括故事地圖、心智圖或故事板之類的圖形提示。還會提供一些如何有效講故事的重要技巧。

「說故事的七個步驟」最初是「文字編織：講故事計畫」（Word Weaving Storytelling Project）的一部分，貫穿在他們非常成功的師資培訓課程中。這些課程揭開說故事的藝術的神祕面紗，並將其拆解為簡單易學的幾個步驟。

練習與提示：家族傳奇故事

尋找故事題材

1. 回想一個你聽過好幾次，並且發生在兩三代之前的家族故事。
2. 寫下你所記得的故事或片段。
3. 確認來源：是誰告訴你這個故事的？又是誰告訴他們的？
4. 訪問或諮詢其他家族成員，聽聽他們的故事版本。
5. 研究和回顧家族中的紀錄、信件、檔案和文件。
6. 為此家族傳奇故事增添歷史脈絡。
7. 思考故事中的教訓。
8. 列出何以這則家族傳奇故事對家族的身分認同很重要。

祖先：他們的故事

1. 列出你所記得的所有祖先，試著回溯兩到三代。
2. 從每一位祖先的故事中挑出你最喜愛的，無論是由他們親口說的，還是別人告訴你的。

3. 選擇其中一則故事，寫下大綱。
4. 寫下你從這則故事中學到了什麼，約莫一個段落的長度，包括當中的價值觀、你所欣賞的力量，或是這故事讓你對祖先及其生活、時代和挑戰的認識。
5. 重複步驟一至四，尋找其他祖先的故事。
6. 在所有你蒐集到的家族傳奇故事中尋找模式。
7. 選擇能夠造福下一代的故事和模式。

故事高手的秘訣：家族傳承

家族傳奇故事具有持久力。它們講述的是攸關家族身分的挑戰或情況，通常是世代相傳的。這當中有許多是關於移民的故事，因為美國在很大程度上是個移民國家。那些經歷過殖民時期的家族往往擁有悠久的家族傳奇故事。而那些開疆闢土的先驅家庭，還有歷經南北戰爭和奴隸制的倖存者，勢必也有一些關於他們定居的血淚史。美國原住民本來就有悠久的講故事傳統，當中有些是神聖的，來自他們的神話。無論是哪一家族的歷史，都有為人傳頌、謠傳或傳承下去的故事，因為這些經驗教訓對家族的身分或生存都很重要。

創造故事

貝芙・史考特（Bev Scott）決定以她的家族傳奇故事當作基礎材料，寫了一部歷史小說《莎拉的秘密：背叛和寬恕的西部故事》（*Sarah's Secret: A Western Tale of Betrayal and Forgiveness*）。除了有三十七年的諮商生涯，貝芙還在美國政府推行「打擊貧窮」（War on Poverty）的計畫期間，擔任一家社區行動機構的執行長，並在愛荷華州的康乃爾學院（Cornell College）和柯伊學院（Coe College）以及在舊金山灣區的約翰甘迺迪大學（John F. Kennedy University）的碩士班組織心理學程講授社會學。她撰寫了許多專業文章，並出版了三本書，最新的一本是與金姆・巴恩斯（Kim Barnes）合著的《內部諮詢》（*Consulting on the Inside*）。

貝芙．史考特

在一次家庭聚會上，聽到一些傳聞後，我就渴望揭開祖父這一生的秘密。我父親對他的父親了解甚少，而祖母則完全不想談他。我們只知道他們的年齡相差三十歲，以及我的祖父在南北戰爭期間從軍過。在我看來，那些流言勢必與祖母拒絕透露的秘密有關，而我誓言要揭開這個故事的面紗。在我的職業生涯告一段落後，我終於有時間去查訪探尋。

我姑姑幫我找到祖父入伍以及在聯邦軍隊裡的日期，我則前往華盛頓特區的國家檔案館。那裡收藏記錄內戰期間服役士兵的生活資料。我想盡可能多了解他的生活。工作人員最後幫我找來兩份厚重的檔案夾，其分量完全出乎我的意料，當中有許多文件、表格和信件。我沒有想到這些檔案夾中的文件和紙張，不僅會洩露出祖母長久以來保守的秘密，也提供了一個有趣故事的細節。

在家族聚會上聽到關於祖父的可疑謠言後，貝芙很想去挖掘真相。她用他參與南北戰爭軍事紀錄的日期來揭開家族傳奇故事，頗令人震驚，但這對家族的身分認同非常關鍵。光是她去進行這樣一個特別的調查研究計畫，就彰顯出這份重要性。家族傳奇故事並不見得都是英雄事蹟，但仍反映出先人生活和他們的基本特質——這些都是塑造家族的故事。貝芙的查訪過程，就跟許多其他追求家族傳奇故事的人一樣，親自查找檔案室、圖書館的報紙目錄，甚或是去墓園尋找第一手文件，這樣的工作是不可替代的。要撰寫一則家族傳奇故事，貝芙得蒐集事證、紀錄和報告，再將其納入一個迷人的故事框架中。

打造故事

祖父的騙局

貝芙・史考特

在祖父史考特（H. D. Scott）於一九一一年去世的一年後，退休金局派了一個人來拜訪我的祖母艾倫，通知她申請的遺孀補助金的結果。艾倫一直相信她會得到津貼。史考特是內戰的老兵，在去世前一個月終於收到他的第一張養老金支票。這些錢將用來支持家計，幫助他們在內布拉斯卡州塞特福德郊外的土地上蓋房子，這片土地她已申請合法持有。他們在等待這筆錢時，她和她最小的三個孩子住在帳篷裡，另外兩個大一點的男孩則去他們叔叔的農場工作。

政府派員描述了她當時的處境：「她希望為自己和孩子們建立一個家園。但這看起來是會危及她生命的苦差事，因為她有風濕病，基本上是個病人，而她的孩子個頭偏小，看上去弱不禁風，而且他們距離最近的水源要走上一英里的路……就他們目前所處的荒涼環境來看，非常可憐。」

艾倫歡迎這位訪客到來，迫切地想聽到好消息。然而，這名男子卻告訴她，她並不是史考特合法的妻子，因此沒有資格接受遺孀補助金。原來史考特過去有過一個家庭，而他從未離婚。派遣員在他的報告中寫道：「……在我告知她這件事之前，申請人宣稱她不知道有這位前妻的存在。她的悲傷和眼淚令人信服。她求我不要告訴附近鄰里的任何人。」

倍感羞辱的艾倫，沒有將丈夫欺騙她的事情告訴任何人。儘管她患有嚴重的類風濕性關節炎，但還是力圖振作，回去工作，找到一份在學校的教職，同時還要撫養一家人。最終，她還成為一間學校的校長。

現在，我明白為什麼沒有人在家裡談論祖父——關於他另有一位合法妻子和孩子。

貝芙為這則特別故事設置的基調，是關於政府退休金案的明確事實，以及獲得正面結果的預期心理。貝芙直接引用派員報告的內容，從中我們可以看出貝芙的祖母在喪偶後的處境，以及這個正在開拓環境的年輕家庭所遭遇的困苦。國家檔案館的報告為這份敘事增添了內容和可信度；派員散文式的描述使他成為這故事的一部分。這篇故事摘要，連同相關的歷史脈絡，具備了所有家族傳奇故事的特性。對於貝芙和她的大家族而言，她的祖母是激發他們的力量來源——她的生活顯示我們可以透過毅力、堅強和決心來克服生活中遇到的挫折。

創意發想

小魏茨・泰勒（Waights Taylor Jr.）在阿拉巴馬州的伯明翰出生成長，曾寫過五本書，最初是兩本非虛構類圖書：《阿爾馮斯・慕的斯拉夫史詩：一個藝術家的斯拉夫人民史》（*Alfons Mucha's Slav Epic: An Artist's History of the Slavic People*, 2008），以及獲獎的《我們的南方家園：從史科茨伯勒、蒙哥馬利到伯明翰—二十世紀南方的轉型》（*Our Southern Home: Scottsboro to Montgomery to Birmingham—The Transformation of the South *in the Twentieth Century*, 2011）。隨後是獲獎的謀殺案神祕三部曲系列，以私家偵探喬伊・麥克葛拉斯（Joe McGrath）和山姆・拉克（Sam Rucker）為主角的《救贖之吻》（*Kiss of Salvation*，2014）、《贖罪之觸》（*Touch of Redemption*, 2016）和《末日啟示錄》（*Heed the Apocalypse*, 2017）。

小魏茨・泰勒

要如何在你的記憶庫中尋找到家族誌的靈感？答案顯而易見，只要去尋找代代相傳的故事，研究這個時代的數位檔案材料，然後回到個人的記憶和他人的記憶。那麼，這有什麼難的？想想吉爾・科爾・康威（Jill Ker Conway）在他的書《當記憶講話：探索自傳體的藝術》（*When Memory Speaks: Exploring the Art of Autography*）中，第一章開頭引用的那句話：「為什麼自傳成了小說類中最受現代讀者歡迎的形式？」

這個問題有其意義，也有爭議。康威提醒我們它的意義在於，一個人的記憶有多麼不可靠。而爭議點則是，儘管記憶可能會出錯，家族誌作者會主張這是必要之惡，在講述和覆誦被認為夠真實的家族故事時必須承擔的缺點。我寫過的書有非虛構類的，也有小說，而且我所有的書都用到我家族故事中的某些元素。下面我將以一個故事摘要來說明在創作非虛構類書籍時我成功達成的部分，以及所遇到的麻煩，這部分取材自回憶錄，且大半涉及過往的歷史。

身為歷史學家的小魏茨・泰勒指明出版回憶錄所具有的爭議性質，以及它們向來以歪曲事實聞名的事實。但同時，他也明白，在面對自己的個人經驗時，我們都是不可靠的證人——我們會不自覺地扭曲事實，尤其是在回憶家庭成員時，我們的渴望會讓我們對家族傳奇故事產生偏好。魏茨在對他南方父親於一九四八年總統大選期間的回憶中，將他描繪成一個民權英雄。然而，他的童年記憶開始與日後得知的訊息相矛盾，而且從未解決，直到他前往阿拉巴馬州的李文斯頓（Livingston）查訪時，看到報紙的檔案才得以化解。

打造故事

我的父親，我的英雄

小魏茨・泰勒

我的書《我們的南方家園：從史科茨伯勒、蒙哥馬利到伯明翰——二十世紀南方的轉型》主要講述的是歷史故事，但也是一本回憶錄。這樣的招牌故事剛好可以來說明，單純靠記憶來講述家族故事的優缺點。

在一九四八年的美國，種族主義和種族隔離問題使民主黨大會（Democratic Party Convention）破裂，導致以史特羅姆・瑟蒙德（Strom Thurmond）為首的種族主義派別的迪克西克拉底黨（Dixiecrat Party）脫離了民主黨。一九四九年，我父親在阿拉巴馬州中西部的李文斯頓這個小鎮上擔任一家小報紙的編輯。爸爸寫了許多社論譴責迪克西克拉底黨離開民主黨，並且還提名瑟蒙德當他們的總統候選人，威脅到杜魯門總統的連任。父親的觀點沒有獲得多少支持，許多人還把他貼上共產黨員的標籤。地方上的三K黨威脅要在我們家的院子裡燒一個十字架，而我則是在小學裡遭到同學嘲弄和取笑。但在那時候，我對力守原則的父親感到驕傲。

隨著年事增長，父親漸漸變成右翼偏執狂者。「這個人到底是誰啊？」我納悶。

二〇一二年，我在阿拉巴馬州巡迴宣傳我的書時，我有機會讀到一九四九年父親的報紙上的其他議題，終於獲得答案，我找到了一篇社論，父親在其中寫道：「我們必須保護我們南方的生活方式。」這是主張種族隔離的委婉說法，即使在他譴責迪克西克拉底黨時，也是如此。所以，儘管父親是個南方自由主義分子，是羅斯福堅定的支持者，但他的南方自由主義並沒有擴展到非裔美國人身上。隨著時間過去，民權運動所推動的變革已經超出了父親所能理解或接受的範圍。

爸爸年老後，他和我之間有很多關於政治的討論，都沒有得到令人滿意的解決。然而，即使在爭論不休時，我們仍對彼此微笑，總是會說句：「我愛你。」記憶是一件微不足道的事，血氣方剛的熱情讓我誤判了事實，但是在一九四九年，我父親是我的英雄。

在這段敘事中，魏茨帶領我們進入他的想法，跟著他理解他父親所遺留下來的事蹟，同時包含正面和負面。在點出分享家族故事時會有錯誤記憶的問題後，他讓那個事件成為主要的矛盾點，並就此提出一個更大的問題：我們要如何確定家庭傳承的傳奇故事是正確的？魏茨繼續探究他父親對於迪克西克拉底黨抱持的涇渭分明立場，以及那些導致三K黨威脅要在他家庭草坪上燒十字架的評論，於是他去查看一九四九年的報紙檔案。既然他父親是為報紙寫社論，魏茨能找到他當時所寫的文章，並且從中看出他父親對於民主黨政策的接受純粹是經濟面上的，並沒有擴及到非裔美國人的公民權利。

魏茨終於解決他兒時記憶中的衝突，但依舊堅信父親在一九四八年的英勇姿態。毫無疑問，這個「錯誤的」傳奇故事對魏茨來說是一項啟發，並影響到他成年後採取更全面的自由主義立場。然而，魏茨後來發現父親的自由主義的侷限性，並且根據實情調整他對父親的理解。最後，他用愛與接納這樣的終極結局，來為這則家族傳奇故事作結。

我們在回憶家族傳承的故事時，是否會加以讚賞？我們會稍微偏向正面還是負面？這一切都取決於是誰來講故事。但是正如貝芙和魏茨在他們的家族傳奇故事中所發現的，研究調查會造成差異。如今，有許多資源可用來驗證祖先的歷史。如此一來，我們就可以找出一定程度的真相，在寫家族故事時多少維持平衡的觀點。

拼布被

本章探討了家族故事的許多面向，從各式各樣的家族故事類型，談到這些故事如何影響我們。毫無疑問，即使家族故事有一大半都已為人所遺忘，或是埋沒在時間的長河中，但仍會對我們產生強大的影響。**家族故事會直接影響我們對自己的認知以及對未來的看法**。

在本章，我們示範要如何從不同的來源蒐集家族故事，包括回憶、親戚、照片、剪貼簿、檔案甚至是墓園。本書的幾位撰稿人和我都分享了要如何選擇、創作和講述家族故事的秘訣，這些故事是以家族誌、家族秘密與陰影和家族傳奇為主。當你將這些說故事的藝術轉變成你自己的，就可以用我們的這些技巧來進行實驗，找出自己的方法或組合。

本章的這三個範例的主題經常出現在家族故事的創作中，但這也可能是相互重疊的，比方說，家庭秘密也可以是家族傳奇故事。本章在呈現這些主題時，主要是想展現出每個故事的要旨，以及在蒐集和講述各類家族故事時遭遇到的一些困難。研究查訪和原始資料，或許可以充當記憶和被埋葬秘密的仲裁者，但是每個故事都各有其真理。

家族故事就像五顏六色的拼布被一樣，讓我們倍感舒適。這不僅給我們一份歸屬感，也由此建立起一種核心身分，可以成為強化能力的重要來源。透過分享親身經歷的家族故事，我們可以影響家庭成員間的動態變化。在深化家人間的連結時，我們會因為彼此學習和聆聽許多世代的聲音而獲得力量。透過聆聽最深愛我們的人的故事，我們可以面對快速變化的未知未來。

第四章

說故事的技巧與工具

讓我告訴你一個秘密。過去那些說故事的人並沒有死，他們進入了自己的故事中。

——維拉．納扎里安（Vera Nazarian），作家

引言

講故事是一門引誘人的藝術，一則好故事會產生強大的磁力；同時吸引說故事的人與聽眾。即使只是分享一個單口相聲演員講的搞笑故事，在那一刻你也跨入了一個憑空想像的世界。簡單來講，這項藝術的力量在於營造假象，以此來傳達想法、創造經驗或產生戲劇性。而聽故事的觀眾則成為這項藝術的共同創造者，也是創作過程的一分子。

我經歷過的一次非比尋常的活動，可以說明這種共同創造的驚人之處，那一次我準備要在一所公立學校的大型多功能教室中為數百名教師主持晚宴，在教室的一端有一個正式的舞臺，而自助餐的桌子則分散各處。自取餐飲的嘈雜聲，加上各種喧囂聲，就這樣迴盪在整個燈火通明的大廳中。我站在舞臺邊緣，在一片布滿灰塵的布幕前，抓著手持麥克風，準備要講雪哈拉莎德和她殺人無數的丈夫山魯亞爾國王的故事。大廳裡沒有聚光燈，我站在陰影中，等待著永遠不會到來的安靜時刻。那天我非常緊張，因為我邀請了一位戲劇界的朋友來看我的表現，而他是曾經贏過東尼獎的南加州劇團藝術總監。

當我開始講《一千零一夜》（*A Thousand and One Nights,*）中的第一篇，也就是雪哈拉莎德的故事時，大廳裡的背景噪音減少了。我出於本能地整個人變得僵直起來，完全沒有做出手勢或身體動作。不知何故，我知道我越是專注在發出的聲音上，這批躁動的聽眾就會越專心聽。我感覺自己像是一具雕像，是散落在舞臺上的現場聲音。沒有攝影機，沒有布景，沒有燈光設計，也沒有配套演員，我得放棄我的戲劇風格。我那高個子的戲劇界朋友馬提站在一旁觀望。之後，在喝酒時，他盛讚這場講故事表演是在頌揚人類的想像力：不僅是我的想像力，也是觀眾的。**那個質樸、赤裸、毫無贅飾的講演突顯出這項藝術的動態本質，這是由講者和聽者共同產生的故事。**

說故事就好比是用文字來畫一幅畫。

說故事是一門成本非常低的藝術。除了現場發出的人聲、輕鬆的故事和清晰的故事重點外，實際上幾乎不需要任何其他東西。你對故事圖像所投注的內在專注會驅動你的聲音，堆砌出文字圖像，而每個聽眾都有各自的觀看方式。這是在講者、故事和聽者間形成的三角創造關係，隨著故事的講述引起共鳴，並繼續發展。

但是，要如何創造出強大的內在集中力，才能在這樣充滿挑戰的環境中保持專注呢？**說故事的人又是如何創作出讓每個人都能看到的圖像？**下面的步驟就是設計來幫你做到這一點。

說故事的七個步驟

各種指導手冊都承諾要讓你改頭換面，成為一個領域中的佼佼者。我想帶你走上那些前人早已踩踏過的路徑，走上吟遊詩人、巫師甚至是騙子曾走過的途徑。他們當中有許多都是在玩弄幻術，但是帶有真實性的個人故事就是具有不可否認的連結力量。

這七個步驟已證明是有效的，揭開了在「文字編織：講故事計畫」（Word Weaving Storytelling Project）中成千上萬受訓者的故事藝術的神祕面紗。這些步驟集中在建構過程中的內在素材，而不是將現有技術簡化成一套膚淺的傳達技巧。依循每個步驟，一個接一個深化講故事的經驗，打造出一個讓人難以忘懷的故事。

說故事的七個步驟：基本技巧[1]

1. 選擇一個你想講的故事。
2. 整理出故事結構和故事框架。

3. 將場景和人物影像化。
4. 在你腦中上演這些情節，就像在看一齣默劇一樣。
5. 大聲地講故事，試著用自己的聲音想像前述這些被影像化的圖像。
6. 將故事記下來，但不用逐字背誦（參考意義層）。
7. 練習講這個故事，直到能夠自然地說出口。

1. **挑選故事：**前三章，我們討論了許多關於尋找、選擇以及撰寫一個值得講述的故事的方法，並且提供了諸多範例。以不同風格的撰稿人所寫的流行故事主題當例子，分享了多種選擇故事的技巧。有些人在回憶經歷時會依循自己的情感，有些則是取材於物件、照片、提示、日記或寫作練習。所有這些都是開始挑選故事的好方法。

無論你採用什麼過程，聚焦的那個故事最終都必須具有下列這些基本特徵，才能讓一段個人敘事發揮效果，而且令人難忘：

1 Farrell, Catharine. *Storytelling: A Guide for Teachers*. New York: Scholastic Professional Books, 1991.

- 場景。
- 人物角色。
- 衝突與緊張。
- 鋪陳劇情的故事曲線，增加緊張感。
- 情節中的感官意象。
- 如果可能的話，帶出情節中的對話。
- 解決衝突。

琢磨對一個事件的記憶，以不斷修正其感官細節以及內部衝突或問題。衝突或劇情鋪陳可能讓人期待，或是讓讀者預期將展開一場冒險——無論是什麼，只要能讓人正襟危坐、豎耳傾聽，並在腦中產生最重要的問題：接下來呢？**這可以是危機四伏，也可以是小小風險的情節，只要結果不確定就好了。**

除了要有緊張以及和緩的故事曲線之外，還應考量場景、感官細節描繪、人物角色以及對話。只要加入一兩句對話，就能讓個人故事鮮活起來。

2. **將故事劃分成幾部分**。一旦選好你的故事，就盡量用關鍵字和圖像來架構情節。以你想要的方式來繪製故事的結構，可以透過故事板來呈現場景，用大綱列出事件順序，以故事曲線來顯示情節起伏，或者也可以利用索引卡，每一段落用一張卡，甚或是畫一張心智圖。無論用哪種方法，你現在都可以確立這則故事的大致輪廓。

請注意，這並不是草稿，而是一份能夠觸發你的文字、繪畫和影像的框架。一份書寫的草稿往往會限制講者自發性的講述能力，而降低和觀眾產生更多互動的可能。因此，在一般情況下，只需要用這些圖像組織圖，你就可以好好地講出一個完整的故事，並儲存在你的故事資料庫中。

關於撰寫故事結構的一些方法，請參閱本章中的圖像組織圖。

3. **將場景和人物角色影像化**。將圖像組織圖或索引卡放在一旁，然後閉上眼睛。想像每一個影像化場景都如同電影佈景那樣。先把你的情節拋在一旁，在你的故事環境中四處逛逛。留意當中的小細節，看看那裡的顏色和光線。在這片場景中你是隱形的。除了聽覺，你所有的感官都在運作。到目前為止，你故事中的想像世界是靜默無聲的。

這項練習會喚起你的專注力，而且最初可能只會看到一些粗略的結果。但是要堅持下去。若是你僅能看到一些感官細節，請嘗試盡可能地保持它們在腦海中，越久越好。透過這樣的練習，你就可以透過意念進入一個暴風雨的午後，比方說，你會感覺到濕滑的草地，聞到遠處的雨，皮膚感到濕冷的寒意；你會在花園裡撿一朵受風雨摧殘的玫瑰，或是嚐嚐被風雨打下來的蘋果的味道。

現在你已在腦海中搭建起一個很棒的心理場景，這時就可加入人物，並描述他們的習慣。看他們說話的樣子，注意嘴巴的動態，還有這時的面部表情和手勢。觀察他們服裝，身上的顏色，他們眼神以及移動的方式。透過這個步驟，你就能以準確的記憶和專注的想像，建立起一個有人物的故事世界。

但還不要讓自己聽到任何聲音，這會暫時壓制住你的創造力。這是一項刻意加裝的人工設備，是我跟我的故事老師梅・杜翰・羅傑（Mae Durham Roger）學到的，而她又是從著名的講故事高手露絲・索耶（Ruth Sawyer）的《講故事的方式》（*The Way of the Storyteller*）這本經典中學來的。在索耶之前的幾十年，還有一位瑪麗・夏洛克（Marie Shedlock），她認為講故事是在「內觀眼」（inward eye）的「舞臺」上演出一場「微型劇」，這些收錄在她於一九一五年出版的《說書人的藝術》（*The Art of the Story-Teller*）一書中。

完成這些練習後，你可能會想回頭修改草稿筆記，或是在圖像組織圖中添加細節。

4. **試著看見故事中的情節，就好像在看默片一樣**。閉上眼睛，在腦中播放這整部無聲電影。從你的故事的第一部分開始，然後任由情節展開。要是你無法將整個故事從頭到尾都影像化，那就再回頭看看之前做的圖像組織圖，然後重新開始這一步。看著故事場景按順序展開，可以想想哪些是要採取快節奏，哪些適合用慢動作來呈現。讓故事自己發展到高潮，然後漸漸收尾。最後，關掉你的默片放映機。

這是準備說故事前最重要的一部分。要做到能夠在你的腦海中清楚看到故事，進入其結構中，這樣你就可以因應不同的聽眾或觀眾來快轉或放慢，而且每次講的時候都可以改變。當我在準備一則故事講演時，經常會閉上眼睛，回顧故事的情節、動作、場景設定和人物，這比用寫的草稿排練更重要。

5. **大聲把故事講出來，用自己的聲音想像你在腦海中看到的圖像**。使用你的聲音，是所有步驟中最讓人激動也是最神奇的一步。先前之所以要你默不作聲地觀看故事中的場景、人物角色和情節，是為了聚焦在視覺和感官元素，完全內化你的創意。現在你將創造出這則故事的所有聲響。你的聲音就是你故事的「配樂」，將由你提供一個讓人信服的描述、敘事、對白、音效和情緒基調。

現在按下播放你故事的無聲電影開關，在觀看情節進展時大聲講出故事。用聲音在空氣中製造圖像。想像一個電影畫面以立體投影的方式盤旋在房間正中央，用在腦中看到的故事圖像來填充這個空間。在描述新的細節或聽到新的對話時，仔細聆聽自己講出來的語句變化。你可能會因為要找更貼切的詞彙來描述你的內在世界，使整個故事更流暢，而稍微停頓一下。

要是你卡住了，可以回頭看一下你的圖像組織圖，以此當作線索，然後重新開始。

多講幾次你的故事，調整你的聲音表達，反映出故事中的影像、情感和對話。你可以錄下自己講的故事，並且在繼續用想像力打造這個內在世界時，聆聽自己的聲音。觀察和講述是一種動態而有力的練習。

6. **記住故事，但不是逐字死背**（參考意義層）。抽離出故事中的真理，與自己的體認相結合，就可以加深你與這則故事的關聯性。花時間做一些研究，確定你個人故事的正確性。向在場或有類似經歷的親朋好友諮詢，即使你最後可能不會在故事中添加這些研究調查所發現的細節，或是見證者的說詞，但這些可以驗證你所記得的內容。然後，你可以在最放鬆的時刻聽聽這些故事錄音，閉上眼睛，想想這個故事對你來說有什麼象徵意義。對一則故事的意義層的體認，對於講演這一個故事會產生很大的助益。意在言外的潛臺詞，會傳達出我們不能說出口的事物。

7. **練習說故事，直到可以自然地脫口而出**。練習講故事的方法有很多種。你可以播放自己錄製的故事，並跟著朗讀，直到可以毫不猶豫地流暢說出，也可以請你的家人、朋友甚至是寵物當現場觀眾——這通常是最好的方式。對著鏡子講故事，不看小抄，仔細觀察你的面部表情和手勢。錄下你的聲音並播放出來。想要進一步改進故事，並將其深植在腦內，可以在開車、慢跑或淋浴時講這個故事。

一個講出來的故事永遠無法達到完美，因為它總是在變化。說故事是一項互動的動態藝術，聽眾也會參與創造故事的過程。你可以根據每次面對的觀眾群和現場情況，來自發性地調整與修改故事。

說故事的方法

在說故事的藝術中，口頭傳達的形式可以有很多種，可以是對話，可以是彼此分享，也可以是專業的交流，甚或是以表演的方式呈現。一旦準備好以多種形式在不同場合來講述一則故事，它就可以成為增強你溝通技巧的強大工具。

對話形式：在社交環境中講故事是分享個人故事最生動，也是最具互動性的一種方式，因為這時聽者可以插話、回應和發表評論。一些擅長對話的講者，會使用當下的言談內容，不費吹灰之力地吸引到一群人的注意力，輕鬆將他們帶進精心撰寫的故事中。有些人總是講同樣的老故事，即便語帶幽默、講得活靈活現，還是經常讓他們的朋友和家人感到無聊。究竟是什麼讓一則非正式的故事在這樣的環境中令人難忘？故事之所以歷久彌新，是因為深具說服力，還是因為成為進入深層理解的一座橋梁？

首先，選一個與當前話題相關的故事，一個能拓展或豐富目前交流的故事。尋找能立即引發注意力的「鉤子」，或是用轉換的形式開場。比方說，要是大家談的是關於高中的回憶，你可以對你的聽眾說：「當我八年級時，我比較想進修道院，而不是去讀高中。」一旦你抓住他們的注意力，就可以從一個場景開始。用感官細節來描繪情節，再加上一些對話，然後繼續回到緊張或衝突的場面。

在畢業前，我決定自己一人去校長室，讓伯納德修女知道我是認真想要進修道院，擔任神職。我願意立下誓言，依循貧窮、貞操和服從的戒律。「你確定嗎？」她皺著眉頭問：「你的父母知道嗎？」我讓她相信這兩個問題的答案都是肯定的，於是她給了我一份清單，上面列著要帶給修道院的東西，包括要帶幾雙襪子、內衣和鞋子。我將穿上神職試修生的服裝，那是一件帶有帽子的黑色長袍，另外還有往後垂到背部的面紗。「你不用剃掉你的頭髮。」她說。

在講故事時，以你內心的眼睛來召喚每個場景的圖像，試著將它們投影在那面，半空中的假想的小螢幕上。這是連結故事的關鍵技術：將事件影像化、把場景投影出來時，你的聽眾也能夠看得到它們，心領神會地體驗到這些情節。你也許真的只要從桌子或講臺「俯身」向前一點點，就能增加與聽眾間的親密感，並依序與每個人直接交談。要注意劇情的鋪陳，在整個互動過程中抓緊你的故事走向。回到敘事中，化解緊張局勢——發生了什麼？從這次的講故事中你學到什麼？這個故事與整場的討論有多少契合度？你可以將對話式的講故事當作是一項練習，為日後更有挑戰性的場合上講相同故事做準備。

展現專業的形式：與社交性的故事相比，這是較為正式的場合，講故事時比較不會分心岔題。一則專業故事可以促進你的職業發展，或是闡明你的專業知識，這可以用於面談、公開演講或是在教室課堂上。要講述這類故事，得事先做好準備，這樣你才能在講故事前後觸及要點。可以拿第二章中的故事類型當例子，選一個符合你的職位或目標的故事類型來練習，不論是定義自身的故事、你的個人故事或個人品牌故事。為這則故事寫下意義層，這樣你才能準備好回答問題，或是在談話中進一步延伸擴大。這個故事能夠展現出你這個人的特質嗎？是你要談的主題嗎？

在講這則故事時，要顯露信心，讓你在整段敘事的交流中，展現你的信譽。練習眼神接觸，要自然而隨機地碰觸到每個人。將每個場景影像化，以穩定的音色將其投射出來，傳達這份真實感。把專注力放在你故事的要點上，而不是當中的戲劇成分。儘管劇情鋪陳肯定會引起觀眾的興趣，但這段敘事的主要目的並不是娛樂。這是為了行銷，為了推廣，為了說明，或是為了說服。使用最精簡的手勢或肢體語言，避免踱步。這是站起來為你自己發聲，為你所相信的真理發聲的時刻。

表演形式：現在，燈光、攝影機都準備好了，開始！故事講演是獻給現場觀眾的一項傳統藝術，基本上是老少咸宜的。不過故事的戲劇性和真正的戲劇仍有本質上的差異，因為講故事跟演戲不一樣，並沒有在戲劇表演中的那面「第四道牆」，也就是演員將觀眾與舞臺分開的一道想像的牆。說故事的人在創作故事的互動過程中會與聽眾交流，將他們納入整個創作過程中。此外，故事並不是發生在舞臺上，聚光燈也不會打在說故事的人身上。故事的舞臺是整個劇院、大廳或房間，故事是發生在說故事的人和所有聆聽者的想像中。

因此，請占領一個空間！想像在聽眾的周圍和上方有一條線：這就是故事圈，是故事上演的地方。可以說這是個馬戲團的故事帳篷。**這個用空氣打造的故事帳篷就是你的畫布，在這裡你可以用口述字詞作畫**。在講故事的過程中，你的圖像將與你聽眾的圖像結合在一個開放的、容易讀取但全然隱形的３Ｄ全像圖中。

當你講故事時，你具有雙重視野：有專注於故事的背景、人物和劇情的內眼，還有尋求與每個聽眾產生連繫的外眼。這種雙焦點能力，與專注於詮釋角色、由內而外表現出來的演員不同。他不會直接訴諸於觀眾，也不會讓人聯想到場景、道具或其他角色的具體細節。說故事的人則是包下這一切的演員，不僅要體現故事中的全部戲碼，同時間還要熱切地與聽者產生連結。即使聽眾很多，無法看到所有人，講者似乎還是可以透過持續掃視整個空間的各個部分來進行眼神交流。

發聲的重要性：音量的上升和下降，使用不同的聲音來演繹一段對話，咬字清晰。語音教練很有幫助，能夠教你學會如何從橫膈膜發聲，而不至於在說話時拉傷你的聲帶。練習和錄製聲音是聆聽自己的聲音、對話技巧和講話步調的絕佳方式。在學習流利地講故事時，也要注意停頓的重要性。你的觀眾在吸收一連串流洩出來的話語時，也需要休息，將當中的意義內化，並且創造他們自己的視覺心像。講故事的戲劇性聲調是你的聲音情感，也是你的潛臺詞——那些未說出口的伏筆。仔細傾聽這份情緒性的音調及其變化。

既然在傳達過程中最主要的重點是放在故事各個層面的音調上，因此幾乎不需要太多的手勢、道具或服裝。這就是這項藝術的簡單之處。一些專業表演者確實會穿著服裝，甚至可能有音樂伴奏，但這些只是用來加強而非必要元素。一些戲劇型的故事講者會透過在舞臺上的移動，在各個角落分別扮演敘事者和不同角色，以更完整地「演出」不同角色。這些技巧可能會增加講故事的體驗，但也會分散注意力。要小心使用戲劇性的講述方式，會偏離與觀眾共享和共同創造這場體驗的可能性。

一則故事之所以讓人難忘，正是透過觀眾對其產生的認同感。只有當觀眾對故事感同身受時，他們才能當作發生在自身般的真實事件而銘記在心。這就是敘事藝術的力量。

說故事的媒介

在當今高科技世界中，說故事的方法變得很多元，所有這些方法，都可以透過不同的互動方式來吸引聽眾。

書面故事是透過文章、部落格貼文甚至推特等社群媒體來講故事。簡短版的個人品牌故事，也可透過網站或印刷文宣來加以突顯。

口述故事可以在個人或是社交場合，以表演、專業演講、提案或小組討論的形式中親自講述。TED演講就算是一種口述故事。在美國，「飛蛾故事網」故事競賽或「故事大滿貫」很受歡迎，是主題性的短劇。**由於口述故事是現場講演，不能後續編輯，因此需要更多的練習和技巧，掌握傳達圖像與引起他人情感共鳴的講演方式。**這是到目前為止最有效的選擇。

錄製有聲故事是大聲講出故事，不過是透過錄音的方式。錄音故事通常是以podcast形式為主。以今日的科技來說，創造錄音故事比過去容易許多，之後可以在社群媒體上傳送，或是透過訂閱來寄送。故事podcast目前已是公共廣播節目的一部分，可以收聽現場直播，或是點選廣播串流中的檔案。

數位故事創作是透過各種視覺媒體，例如影片、動畫、Wattpad甚至遊戲等互動格式來講故事。YouTube頻道是一種開展說故事平臺的平價方法，因為重要的並不是影片品質，而是傳達一則故事的強大體驗。

說故事的應用工具[2]

故事板

2 每個圖形都只是一個建議，或用作入門概念。可根據你的用途來更改，或製作新的。

故事地圖一：心智圖

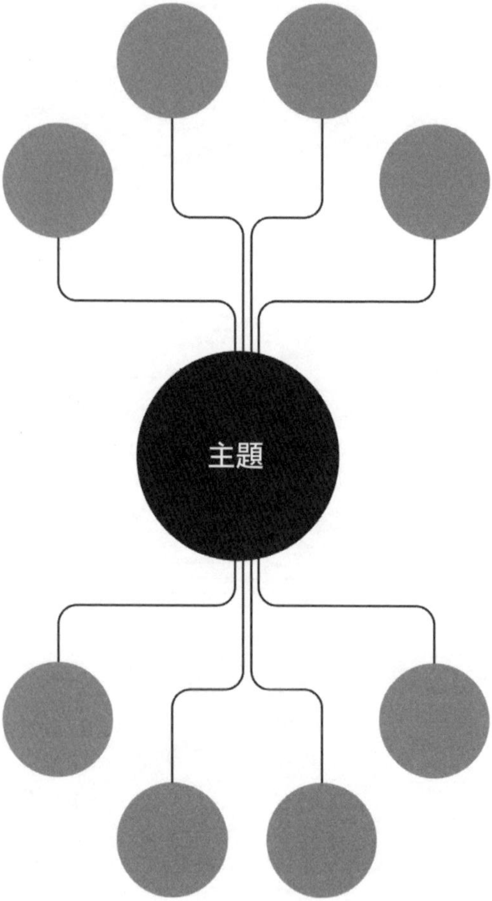

故事地圖二：大綱模板

場景：

地點：

時間：

主要人物：

主要人物：

情節／問題：

事件一：

事件二：

事件三：

結局：

第五章

民間傳說故事

故事憑藉故事，文化仰賴文化。

——奇幻故事與童書作家簡·約倫（Jane Yolen）

引言

「從前，從前——」一聽到這個神奇的字眼，就會讓人聯想到超越時間的永恆幻想世界。這就是傳統故事的古老手法的本質，是永恆而奇妙的，當中的敘事帶有象徵意涵，常涉及超自然事件。這些故事不屬於一個人，而是全體人類。在這神奇的民間傳說世界中，有一套自發的、口述的文體，但沒有作者，沒有疆界，也不分時代，就這樣口耳相傳為人覆誦了幾千年。在這些引人入勝的故事中，有會說話的動物、奇幻水域、仙女教母、森林深處的魔法城堡以及飛毯。

不過，隨著世界交流的尺度縮小到一個村落的規模，形成地球村時，人類的故事不僅相互依賴，而且還會相互融合與變異。為了適應我們快速發展的後現代時代，敘事藝術不斷地演變。一般認為傳統故事是傳遞文化價值的終極方法，如今這個說法開始受到質疑。

隨著今天對個人故事和直接經歷的重視，這項藝術出現了創造性的移轉——從傳統故事和民間傳說轉移到自發性的個人故事上。

有幾個原因造成這種轉變，而所有這些因素都在促成新的口述傳統建立，或者如克里斯・安德森（Chris Anderson）在他的《TED演講：公共講演的TED官方指南》（*TED Talks: The Official TED Guide to Public Speaking*）一書中描述的：「有一股新興的超級力量在浮現，任何人，無論男女年少，都可以從中受益。這叫做**演講素養**（**presentation literacy**）。」安德森想像的是一種新型的營火，是以個人方式來傳達每個人的真理，這些是基於他們的直接經驗而來。現在是發揚故事藝術的絕佳時機，相當令人興奮。

正因如此，當今社會開始浮現傳統故事是否符合時宜的問題。儘管一些古老故事還能持續滿足我們的敘事需求，但其中也有許多已經過時老舊。這些故事的文化脈絡通常是外來的，或是與我們的共同經驗已毫無關聯。實際上，為了要讓聽眾理解某些民間傳說和童話的意義，有時還需要事前補充介紹。比方說，就連《傑克與魔豆》這樣的故事，也假設聽者先具備一些知識，如乳牛養殖、乳牛、豆類和園藝等。此外，現在的孩子聽到那首從巨人喉嚨深處吟唱的打油詩時，可能也會感到害怕：

> 嘿！嘿！吼！嘿！
> 我聞到了是英國人的味道，

> 不論他是死是活，
> 我都要把他的骨頭碾碎做成麵包。

傑克的偷竊和惡行也會引起道德爭議：傑克是否應該偷那把金豎琴？他真的得殺死巨人嗎？不知為何，傑克的勇氣和主動在現代人的眼中反而感到困惑。我們可能會想要試著寫一個更新版，但要對民間傳說「消毒」是個棘手的命題，而且有些童話故事僅剩斷簡殘篇，要是不知道原始版本——有時內容甚至相當殘酷——就難以釐清其意義。這樣的例子不勝枚舉，民間故事的場景若是設定在極其陌生的環境，上下文又沒有提供足夠的線索，故事本身可能變得毫無意義，甚至令人反感。

此外，也不可能忽略在大多數流傳數百年的傳統故事中，男性占據了主導地位。在那些等待王子前來拯救的公主故事中，處處可見性別歧視，當中的主角清一色都是男性。在民間故事中，大多數女性都扮演被動角色，而任何擁有力量的女性往往都是次要角色，例如邪惡的繼母或仙女教母。不過在這樣父權制的脈絡中，仍然有宣揚女性主義的童話，以抱持獨立心態的少女或公主為主角。

最近的研究顯示，儘管女性占世界近五〇%的人口，卻沒有太多關於女性的民間故事。在喬納森．戈特紹爾（Jonathan Gottschall）的《文學、科學和新人文》（*Literature,*

Science, and a New Humanities）中，他提到進行中的定量研究，「發現這樣的現象普世皆然；男性主角……比女性主角多出兩倍」。

而戈特紹爾的計算本身還有誤導之虞，就算在民間故事中的主角是女性，但她們往往沒有力量，必須等待有人前來拯救、發現、喚醒，或是得到一個英勇男性的親吻。顯然，現在不可能再講這類古老的傳統故事，那鐘聲早已遠去。女性說故事者可以開始為我們這個時代建立新傳統——講她們自己的真理，在她自己的個人故事中擔任女主角。

在講傳統的多元文化民俗故事時，也要考慮到「文化挪用」問題。這是指一種特殊的文化動態，即處於優勢文化的成員，從長期受到他們壓迫的群體中汲取他們的文化元素。若是在未經許可的情況下講述其他文化的民間故事，尤其是如果自認是主流文化的一員，卻講述來自少數族群的民間故事，可能就會碰觸到文化挪用的問題。這是一個敏感而有爭議的問題，不容忽視。

如今，每個說故事的人都還在繼續從民間故事、神話和傳說中，選擇要納入他們資料庫中的故事，但會比較謹慎，並且帶有敬意地提及來源。不過，挑選故事時，首先要考量的原則是要去問：這則故事與當代聽眾的契合程度，以及說故事的人能否自在地體現來自另一種文化的故事？由於講故事是一種非常私密的口述藝術，因此每則故事都會變得個人化——就像你親身經歷過一樣。在「借用」另一種文化傳統時，每一個說故事的人都必須決定自身的真實性。

然而，口述傳統超越時空的永恆性確保了故事的連續性，從最開始道出的故事一直流傳到現在以我們的新時代風格來講述。我們自己所寫的故事裡可能沒有公主、魔術或龍，但基本故事元素保持不變。也許我們的集體認知只能以有限的方式來解釋經驗。百年傳頌的民間故事和現在我們所講的當代故事，似乎都有一些特定的模式。

看看你自己的個人故事，想想你的內容是屬於哪一類：你在重複哪些主題？你想講哪種類型的故事？以及你選擇了哪些原型？

民間傳說故事的母題

母題是構成口述傳統中民間故事的最小元素。**民間故事的母題，是指貫穿於不同文化中的故事裡那些反覆出現的主題元素**。常見的母題有穿越黑暗森林的旅程、魔法變身、神奇的治癒方法或其他咒語、前來相助的動物或是與神祕生物相遇、愚蠢地討價還價、不可能的任務，聰明的騙術等等。有些圖像令人印象深刻，而且經常出現在故事中，如弄丟的鞋子、快速發芽的植物、紡車、有毒的水果、魔燈。在童話、神話和傳說故事的情節模式中，母題是構成單元。

在十八世紀和十九世紀，許多國家都在蒐集和出版民間傳說與童話故事。這些故事沒有「作者」——格林兄弟（Grimm brothers）、夏爾・佩羅（Charles Perrault）和其他故事的蒐集者並沒有寫下這些民間傳說，他們只是記載了尋常百姓所講的故事，把這些口耳相傳幾百年的故事整理成冊。為了研究這些民間故事，民俗學家設計出跨文化的國際參考系統[1]，然後對特定族群的民間傳說進行分析、解釋和描述，並且根據**母題模式**來比較世界各區域和文化間的民俗傳統元素。

民俗學者發現，類似的民間故事母題會反覆出現在世界各地的口述傳統文化中，甚至是完全沒有連繫或相互接觸的遙遠地區。沒有人確知這種現象到底是怎麼發生的，倒是有許多理論試圖解釋這種狀況。在民間故事中，似乎有普遍的模式和圖像會反覆出現，宛如自發性的人類表達形式。在《民俗學研究期刊》（*Journal of Folklore Research*）上，羅伯・喬治（Robert A. Georges）發表了一篇文章〈民俗學的母題和故事類型裡的中心性〉（The Centrality in Folkloristics of Motif and Tale Type）：

> 「……〔索引〕所根據的結構是衍生與反映人類講故事給彼此聽的諸多方式，人類會將故事概念化。」

以灰姑娘這個流傳全世界的故事來說，在許多文化的民間傳說中都有這故事的變異版本。民俗主義者對這個故事的實際版本的數量還沒有共識，目前的估計值從三百五十到一千五百多個不等，而且這故事還有自己的阿爾內—湯普森—烏瑟爾（Aarne-Thompson-Uther，簡稱ＡＴＵ）的分類代碼：ATU 510A。關於仙度瑞拉故事的最早起源，可能是埃及故事中的洛多庇斯（Rhodopis）。

洛多庇斯的故事最早是由希臘歷史學家史特拉波（Strabo）於公元一世紀收錄。一般認為這則故事大致上是根據一個真實的人，關於一位被綁架到埃及的希臘奴隸女孩，而這個故事版本是希羅多德（Herodotus）在史特拉波之前五百年所寫下的。在中國，最古老的灰姑娘故事版本是葉限和謝賢的故事，收錄在唐朝段成式的《酉陽雜俎》（意思是被遺忘的傳說雜記），年代約是在公元九世紀左右，不過這個故事早在幾個世紀以前就廣為人所知。

在這兩則古代故事中，都重複了今日我們熟悉的灰姑娘故事母題，然而這些古老故事卻是由生活在南轅北轍的不同文化區的人所講述的。當中重複的模式有：一位心地善良遭受迫害的女僕、壞心的繼母、有魔法的人前來相助、盛大的慶祝活動、弄丟的衣物

1　最著名的民間故事分類系統是根據阿爾內和湯普森所寫的《民間故事類型》（*The Types of the Folktale*），此書最初由安蒂・阿爾內（Antti Aarne）於一九一〇年出版，然後分別在一九二八年和一九六一年由史蒂斯・湯普森（Stith Thompson）修訂，最後又在二〇〇四年由烏瑟爾（Uther）修訂一次。另一本則是湯普森的《民俗文學的母題索引》（*Motif Index of Folk-Literature*），第一版是在一九三二年至一九三六年間發行，第二版則發行於一九五五年至一九五八年。

（通常是鞋子），以及秘密身分的透露，通常是王子或富人。若是我們拆解這許多版本灰姑娘，試著找出核心的母題，那可能是**對理想女性身分的認可**：王子認出女僕的真實身分，一位穿著破爛衣服的可愛女孩，並且意識到她就是他所愛的女人。

毫無疑問，對世界各地蒐集的民間傳說和童話故事加以研究，尋找當中的模式是非常有趣的。但是這些模式和母題還有人在用嗎？我們還在重複著同樣的故事，只是在用新瓶裝舊酒？

練習與提示：母題

提示：母題

1. 你最喜歡的童話是什麼？
2. 閉上眼睛，回想一下當中最生動的圖像。
3. 你最喜歡哪些民間傳說的母題？
4. 你印象最深的圖像有哪些？

5. 哪些圖像的意涵最多？
6. 在記事本上列出一張清單，記下你記得的所有民間故事和童話中的圖像。
7. 將這些圖像與你的個人敘事結合。

練習：個人故事

1. 你是否可以找出自己個人故事中的母題？
2. 你會重複哪些圖像、情境或人物？
3. 列出你可以認出來的所有模式。

練習：民間故事與神話

1. 列出你最喜歡的民間故事或神話中最難忘的圖像或母題。
2. 用它們來寫一個原創故事。
3. 編織這些圖像或母題，放進自己的個人故事中。

民間傳說故事的類型

民間母題的研究揭開了生動的意象，正是這些意象創造了持久且而難以分割出來的敘事元素或故事細節，成為民間傳說的特色。這些母題是常見的故事類型的組成單位。**傳說故事的類型會重複出現，具有一套自成一格的情節，或一組組的母題。**全世界有上百萬個民間故事，但當中多數都是其他故事的變化版，衍生自為數有限的主題。雖然故事類型保持一致，但主題可能會隨著進入特定文化而起變化。最初由阿爾內設計，日後又先後經湯普森和烏瑟爾所修訂的分類系統，主要是將同一類的變異版本排在相同的ＡＴＵ類別中，根據類似原則，來將民間故事分門別類。

根據目前線上版的阿爾內——湯普森——烏瑟爾（ＡＴＵ）民間故事分類系統，傳說故事一共有七大類：

ATU故事類型索引

1—299.	動物故事
300—749.	魔法傳說
750—849.	宗教故事
850—999.	寫實故事
1000—1199.	愚蠢妖怪（或巨人或惡魔）的故事
1200—1999.	軼事和笑話
2000—2399.	慣例故事

上網點擊這些不同的類別和子類別，或許可以激發你寫個人故事的創意和想像力。即使在你個人真實的故事中，只是簡單地引用一個故事類型拿來當作類比，也可能會增加你對這份經歷不同的體驗或看法。比方說，我小時候深受安德魯·朗（Andrew Lang）的《紅色童話故事集》（*Red Fairy Book*, ATU 425）中的「魔法豬」所吸引。雖然這個故事類型講的是「請求找回消失的丈夫」，但在我看來這是一場**女主角的旅程**。妻子需要在懷孕和分娩的這段過程中穿上三雙鐵鞋，鈍化一塊鋼鐵，並且完成不可能的任務。

回首過往，我是否知道當個單身母親也有同樣的挑戰性？我有為自力更生和為人母所要面對的磨難做準備嗎？這個故事是否也可能擴展成更具普世性的主題，講女性在人生中面臨和必須克服的種種不可能任務？在這則傳說故事的諸多版本中，妻子必須拯救變成動物的丈夫，讓他恢復人形。對我來說，這聽起來像是一個現代故事。我可以將這類故事納入作為單親媽媽的我所經歷的現實生活中——穿上我的鐵鞋，執行不可能的任務。

對情節或傳說故事類型較晚近的分析，可參見克里斯托福．布克（Christopher Booker）那本百科全書式的《七種基本情節：我們為什麼說故事》（*The Seven Basic Plots: Why We Tell Stories*）。在引言中，布克指出：

> 確實有少數幾種情節對我們講故事的方式非常重要，幾乎任何說故事的人都不可能完全擺脫……一旦我們熟悉了（故事的）象徵性語言，從它非比尋常的意義中抓住些許要點，基本上，這個世界中的每一則故事都可用嶄新的眼光看待——因為這時我們便來到故事的核心，碰觸到為什麼要講故事的真正原因。

布克在長達十多年的分析中，反思敘事和神話創作的深層本質，這一分析受到心理學家榮格（Carl Jung）的影響。儘管布克的書名點出有七個基本情節，但他在書中實際上納入了九個情節，並指出最後兩個是比較晚近出現的：

1. **斬妖除魔**：英雄必須冒險進入一個危害人群的怪物巢穴，殺死怪獸，然後逃脫（通常會帶著寶藏）。
2. **鹹魚翻身，飛黃騰達**：看上去平凡或遭貶低卻身懷絕技之人，設法發揮潛力。
3. **探索**：英雄踏上征途，獲得遠方的珍貴獎賞。
4. **航行與返回**：英雄進入一個陌生世界，起初很迷人，但後來遭到威脅，英雄發覺必須要逃跑，回到安全的家鄉。
5. **喜劇**：一群因為挫敗感、自私、苦澀、困惑、缺乏自知之明與謊言等因素而分崩離析的人，最後必定在愛與和諧中重新團結（通常以婚姻來象徵）。
6. **悲劇**：其中一個角色因為犯下致命的錯誤，順遂的人生從此瓦解。
7. **重生**：因為黑暗力量或惡人而陷入生不如死的主角，直到因另一角色充滿愛的行為而獲得解脫。
8. **對抗「專制」**：英雄反抗控制世界的全能勢力，直到被迫屈服於那種力量。
9. **謎團**：某個可怕事件（例如謀殺案）因為局外人試圖尋找真相而解開。

通常花大量功夫針對這類廣泛題材所做的總體分析，很容易招致批評——竟然會想要將大部分的世界文學化簡為七個或九個情節類型。但布克的系統之所以有價值，純粹在於他如何思考故事：這些類型有我們使用的基本故事主題，而且都與事實吻合，具有說服力。說故事的人可以把自己的資料分成幾大類，以反映或定義他們分享故事的目的。例如，如果你講故事是為了要娛樂他人，你可能不會講一個關於重生的故事。另一方面，如果你是監獄計畫的講故事輔導員，那麼叛逆和重生的故事可能會是絕佳的故事類型。現代敘事者認識的故事基本主題有限，而且故事材料會重複古老的模式，無論是在民間傳說或文學，這些模式讓他們得以形塑和架構創作。

練習和提示：傳說類型

提示：傳說類型

1. 你最喜歡的情節類型是什麼？
2. 閉上眼睛，回想它所產生的情感效應。

3. 你最喜歡的童話是什麼？
4. 你為什麼喜歡它？
5. 你最常讀的書是什麼？哪一種類型？
6. 你的個人故事大多數是哪些情節類型？
7. 你希望你的故事對聽眾產生什麼影響？

練習：傳說類型

1. 根據阿爾內—湯普森—烏瑟爾（ATU）索引中的一種傳說故事類型，寫一則個人故事。
2. 根據布克的情節類型，寫一則個人故事。
3. 寫一個執行任務的故事，當中的英雄是女性，或非二元性別的主角。
4. 根據個人經驗來寫一個經典的喜劇故事。
5. 根據個人經歷再寫另一個經典的悲劇故事。

民間傳說故事的原型

故事中最深層的就是原型（archetype）：來自於集體潛意識，是一種普遍而具有象徵意義的認識方式。按照心理學家榮格的說法，原型類似於夢裡的圖像——含有原型的民間故事是一種文化大聲做夢的方式。這些象徵影像和情境是一種編碼的類型，是意象的語言，是從一層意識傳遞到另一層的訊息——由夢傳遞到我們的清醒狀態。雖然原型存在於所有的藝術形式中，但故事的敘事形式傳遞的是一個強大的原型。

民間傳說故事在本質上就是透過古老文化的鏡片來表現普世通用的象徵；尤其是在童話和神話，最有可能包含原型的敘事類型，能夠進入夢境這個無意識的混沌幻像中。而且，正如同要準確解夢非常的困難，要為一個特定原型的意涵下定義也深具挑戰性。**我們無法透過對原型的部分描述來認識它，唯有在故事的脈絡中，其深刻的意涵才得以揭露。**這時，我們會與原型產生連結；我們會在無知的情況下對其產生認識——這一點沒有一套標準情節分析可以解釋。

了解原型就像是在水下呼吸，這是一項碰運氣的任務，難以為繼。然而，我們還是可以感受到原型的影響力，也許是來自於我們對其曖昧不清含義的反應，也可能是表現在我們在自己的故事中重複它們捉摸不定的模式上。當我們在個人故事中使用原型，我們便創造出一個更深刻、更持久的維度——即使完全沒有意識到它們具備如此多面向的特質。

正如榮格寫下的這段知名描述：

> 我們沒有一刻膽敢臣服於這樣的幻想，相信最終可以好好解釋和處理原型。即使是最好的解釋，也多少只是成功地將其翻譯成另一種充滿譬喻的語言。（實際上，語言本身也只是一種圖像。）**我們所能做的就是從夢想神話開始，賦予它現代的裝扮**。

榮格提出這樣的主張，並在他大量的研究著作中描述了一些著名的原型：**原型事件**（**archetypal events**），例如出生、死亡、與父母分離、啟蒙、任務、追求、婚姻和對手結盟；**原型人物**（**archetypal figures**），包括偉大的母親、父親、孩子、少女、聰明的老人或女人、騙子、影子和英雄或女英雄；以及**原型神話母題**（**archetypal mythic motifs**），諸如啟示、天災和創造。

在童話故事和神話中，經常可以在一個故事中看到一組原型。例如，在**侏儒妖（Rumpelstiltskin）**的傳說——ATU的「母題索引」五百號：超自然協助者的名字——中，我們會看到許多原型：**無辜的少女**因為父親和國王／丈夫的貪婪，必須要完成**不可能的任務**。她的處境又因為一位不知名的**騙子**，要求她以她生下的第一個孩子來交換而變得更悲慘。當她**徘徊在樹林中時**，她偷聽到他的名字，在**第三次**猜名時就猜中了，這足以摧毀這個騙子，保住她的孩子。

這則不可思議的傳說故事是格林兄弟在十九世紀蒐集到的，但是根源可以追溯到四千年前的青銅時代，而且其含義對每個聽故事的人來說都不同，完全取決於這當中多層次的符號體系如何與聽眾產生共鳴。像這樣的故事，訴說著我們所不能說的話。正如英國文學評論家約翰．穆雷（John Murray），最近在部落格上寫的：「關於『侏儒妖』仍然存有許多未解之謎，難以分析或解釋。總之，這則童話故事的核心人物並沒有明確的動機，而這則故事依舊隱瞞著其含義。它只是存在……」

這正是原型的兩難：它們具有象徵和情感層面的意義，但在理性上毫無意義可言。然而，我的確了解「侏儒妖」這則童話故事的含義。在我個人的「現代版」中，有一個年輕的少女受到父權社會及其貪婪的制誥，直到她給騙子一個「名字」為止，她便得知如何完成不可能的任務，並由此獲得力量——她編織出自己的金子，養育自己的孩子。

「無辜的少女」和「狡猾的騙子」是同一個角色的對立面，然後又整合為一個角色，這在角色原型中很常見。今日的文化使我們越發生疏，在最原始的層次上，使用這些古老方式辨識這些角色的原型。身處在後現代時期的我們，也許需要創造出超越父權制和農業象徵符號的新敘事——編織出一件現代版的外衣。

練習與提示：原型

提示：原型

1. 回頭想一下你的個人故事：當中的角色原型是誰？
2. 你可以將童話或神話中的哪個原型人物融入到你的故事裡？
3. 自然中的哪些場景對你有深遠的意義？
4. 有哪些任務或衝突對多數人具有普世意義？
5. 你是否發現，你的個人故事與童話故事或神話之間有相似之處？
6. 你的影子原型是什麼？

練習：夢的原型

1. 用日記記錄你的夢，當作是你個人故事的素材。
2. 根據一個夢境來寫故事，或是將夢境中的影像添加到真實的故事中。
3. 寫下你最常夢到的影像，表列出好的、壞的和醜陋的。
4. 探索夢境影像的含義。
5. 注意夢與個人故事中的相似處。

練習：原型

1. 在你最喜歡的童話中，有哪些原型？
2. 表列出各種故事中你自己的角色原型。
3. 列出你的動物原型。
4. 列出適合你的原型場景。
5. 列出你的情境原型——關鍵事件。
6. 用其中某些原型編寫故事。
7. 大聲讀出來並錄音，然後播放出來聽。

透過對母題、故事類型和故事原型的藝術運用，現代敘事者可以創造出敘事的新傳統——一個新的營火時代。現在我們的地球村比以往更需要能直接與我們對話的故事。

正如認知科學家兼語言學家馬克・特納（Mark Turner）在他的《文學心靈：思想和語言的起源》（*The Literary Mind: The Origins of Thought and Language*）一書中，對未來的展望：

> 敘事想像（Narrative imagining），也就是故事，是思想的基本工具。理性能力取決於故事。這是我們展望未來、預測或規畫乃至於解釋的主要手段。

本書收錄的作家

第一章：童年與青少年

● **莎拉・埃特根・貝克（Sara Etgen-Baker）**從小就對文字產生熱愛，那時她的母親每天晚上都讀字典給她聽。一個老師不經意的低語「你有寫作才華」，點燃了她的寫作慾望。儘管莎拉最初忽略了那句耳語，並追求另一份職業，但她最終重新發現自己內心深處的寫作慾望。莎拉寫過一百多篇回憶錄和個人敘事文章，其中許多已經獲獎，分別發表在電子雜誌、部落格、文選和雜誌上，包括「女憶網」、「保存網」、《心靈雞湯》、《路標》、《兩人桌》、《從內到外：關於女性的真相》、《女人故事》以及《時代曾經改變：女人記憶中的六〇和七〇年代》。

莎拉正在進行中的小說是《狄勒海路口的秘密》（*The Secrets at Dillehay Crossing*），是她自己也入會的美國女性女作家全國聯盟（National League of American Pen Women）所贊助之二〇一七年「維尼・里姆文稿」（Vinnie Ream Letters）競賽的決賽入圍者。莎拉也是「故事圈網路」的成員，定期發表作品在「一個女人節」（One Woman's Day）部落格及其季刊上。莎拉還與德州的安娜地區歷史學會（Anna Area Historical Society）合作，研究和編寫保存安娜的歷史文獻。莎拉不寫作時，喜歡與丈夫比爾一同散步和消磨時光。

● **雪柔・畢茲—布特**（**Sheryl J. Bize-Boutte**）是一位奧克蘭作家，她的作品巧妙地傳達出在生活和種族政治中的深層含義，又不會太過突兀地跳脫她的敘事本身，而奧克蘭經常成為她動人而又滑稽古怪的短篇小說的背景。她的第一本書《一塊半：一個嬰兒潮世代者的旅程遊記》獲得「生動又充滿想像」以及「不可思議」等好評。她的第二本書《那一切以及摩爾的婚禮》（*All That and More's Wedding*, 2016）集結了神祕小說和短篇犯罪故事，被譽為「充滿想像力，書中有可愛的人物吸引你進入每個故事，讓你欲罷不能回味無窮」。她的新書《為了2:10而跑》，是《一塊半》的續集，更深入地探討她在奧克蘭的青少年歲月，以及在這時遇到的種族和膚色等問題。一位書評家稱這是「對文學做出的巨大貢獻」。

據說雪柔在介紹自己的故事和詩時「獲得滿堂喝采」。她的詩〈卡蒂・薩克和牛奶（她說、她說）〉（Cutty Sark and Milk (She Said, She Said)）以及〈童想〉（Childthink）

獲得二〇一九年聖洛倫佐圖書館文學大賽獎項。關於她作品的更多資訊，請見www.Sjbb-talkinginclass.blogspot.com。

● **李靜（Jing Li）**來自中國。她即將出版的回憶錄《紅涼鞋》描述在青少年時期的她，如何在這個貶低女嬰的國家中存活下來。她的母親墮胎未果，生下她後就拋棄了她。最後，李靜是由她當農民的奶奶撫養長大，但她的奶奶也認為女童毫無用處，支持殺害女嬰的想法。後來，李靜自己結婚生子，生下一個女孩時，她的公公向她施壓，要求給她的小女兒注射致命藥物。李靜是加州作家協會俱樂部（California Writers Club, CWC）和女性全國圖書協會舊金山分會（Women's National Book Association, San Francisco Chapter）的會員。她描述這段個人際遇的敘事贏得很多獎，包括她的《紅涼鞋》獲得由舊金山作家協會贊助的「舊金山徵文大賽」大獎；〈我的第一片西瓜〉（My First Watermelon）獲得加州作家俱樂部紅木分會「回憶錄徵文」首獎；〈我在中國求生的生活〉（My Surviving Life Story in China）獲得二〇一四年赫爾蒙山作家協會的「真實砂礫獎」以及〈我的新美國移民生活的故事〉（My Story as a New American Immigrant）獲得「加州作家俱樂部傑克倫敦作家大賽」非虛構類的第二名。

李靜的個人故事刊登在許多文選中，如二〇一九年與二〇一八年的《美國加州作家協會俱樂部文學雜誌》（*California Writers Club Literary Magazine*, 2019, 2018）；《回憶錄的魔力》（*The Magic of Memoir*, She Writes Press, 2016）；《超越希爾茲堡！》（*Healdsburg and Beyond!* A Healdsburg Literary Guild Book, 2016）；《不為人知的故事》（*Untold Stories: From the Deep Part of the Well*, CWC Redwood Writers Anthology, 2016）；《旅途與地圖上的旅途》（*Journeys on the Road & Off the Map*, Redwood Writers Anthology, 2015）；以及《水》（*Water*, CWC Redwood Writers Anthology, 2014）。她的個人網站：https://jinglitheredsandals.com/。

第一章：冒險故事

● **麗莎・阿爾平**（**Lisa Alpine**）著有獲得「前言書評」的年度金獎（Foreword Reviews' Gold Medal Book of the Year Award）的《野生動物：一個世俗女人的旅行冒險》和獲得北美圖書獎（North American Book Awards）首獎的《異國生活：一個冒險女人的旅行故事》（*Exotic Life: Travel Tales of an Adventurous Woman*）。她的〈魚販雷伊〉（Fish Trader Ray）這篇故事獲得「索拉斯年度最佳旅行故事銀獎」。其他獎項包括：〈老巴黎〉獲得「二〇一九年索拉斯最佳遊記金獎」；〈科爾察修女的電臀舞〉獲得二〇一九年「最佳詼諧散文銅獎」；〈上帝、鳳尾魚和火鶴地棲居之所〉獲得二〇一九年「榮譽提名」；〈甜蜜老奶奶和她的舞鞋〉獲得最佳女性遊記。

阿爾平正在規畫她的下一本書《走遍全球的舞動人生》（*Dance Life: Movin' and Groovin' Around the Globe*）。書中會有在阿爾巴尼亞跳騷沙舞的故事，以及在古巴、墨西哥、喬治亞共和國、亞美尼亞、巴黎、西班牙和其他國家跳舞和旅行的經歷。在不舞文弄墨時，她會探索舞蹈的狂喜境界，與海洋生物共游，或是等待下一班飛機，阿爾平在北加州和夏威夷的大島（Big Island）有果園。可在她的網站：www.lisaalpine.com上閱讀有關旅行、舞蹈、寫作、健康和啟發的線上月刊雜誌。

● **西蒙娜・卡里尼**（**Simona Carini**）出生於義大利的佩魯賈，畢業於佩魯賈的多納特利護理學院（Donatelli School of Nursing）和義大利米蘭的聖心天主教大學（Catholic University of the Sacred Hear），以及加州州奧克蘭的米爾斯學院（Mills College）。西蒙娜撰寫非虛構類文章和詩歌，在實體書和網路等出版作品，其回憶錄和美食寫作曾數次獲獎。她隸屬女性全國圖書協會舊金山分會（San Francisco Chapter of the Women's National Book Association），也是加州作家協會俱樂部紅木分會（Redwood Writers Branch of the California Writers Club）會員。她的回憶錄散文〈藍色背包〉，於二〇一五年於《紅木作家文選：旅途》刊載出版，並在二〇一六年由加州作家俱樂部轉載於《文學評論》。她與丈夫一起住在北加州，並在醫學資訊科學領域擔任學術研究員。她的網站：https://simonacarini.com/。

● **瑪麗・麥基（Mary Mackey）**經歷發高燒、進入熱帶叢林、躲避機槍火力、遇到火山爆發、受到行軍蟻包圍、遭到吸血蝙蝠纏擾、被毒蛇威脅、老是選錯男人造成災難性結果，還有閱讀。她著有十四本小說，其中包括《骨頭村》和《馬來年》，描述在史前歐洲時代，有一群崇拜女神、愛好和平的人，他們力圖抵禦父權制的游牧民族的故事。瑪麗的小說曾經進入《紐約時報》和《舊金山紀事報》暢銷書排行榜，翻譯成十二種外語，銷量超過一百五十萬冊。

瑪麗也出版了八本詩集，包括獲得小型出版頒發的二〇一九年的「埃里希・霍弗獎最佳圖書獎」以及二〇一八年「女人靈性圖書獎」的《在我們夢中徘徊的美洲虎》和贏得二〇一二年筆協奧克蘭約瑟芬・邁爾斯獎（2012 PEN Oakland Josephine Miles Award）的《糖區》（*Sugar Zone*）。她的詩集通常都以巴西亞馬遜河的叢林為背景，獲得馬克沁・洪・金斯頓（Maxine Hong Kingston）、溫德爾・貝里（Wendell Berry）、簡・赫希菲爾德（Jane Hirshfield）、納克瑟（D.Nurkse）、艾爾・楊（Al Young）、瑪姬・皮爾席

（Marge Piercy）的讚賞，說其優美、精準、獨特並且觸及非比尋常的場域。她的網站：https://marymackey.com/。

第一章：試驗與挑戰

● **米歇爾．溫**（**Michel Wing**）在新墨西哥州生活和工作，自認是非兩性制的殘疾作家。一生投注大量心血在種種議題的能見度上，諸如提高對家暴的意識、殘疾者權利、性侵預防和LGBTQI的倡導。出版品有詩集《牆上的身體》，並且擔任《深夜孤鳥的驚聲：作家挺身反家暴》的共同編輯，其出版品使用的是蜜雪爾．溫（Michelle Wing）這個女性化名字。

米歇爾有些敘事作品顯示出更幽默的一面，最近刊登在《寫入點：反思》（*The Write Spot: Reflections*），由馬琳．卡倫（Marlene Cullen）編輯。詩歌和散文也廣泛選錄在各出版品中。除了寫作，米歇爾還與基督教女青年會（YWCA）一起開展了一項為期五年的計畫，名為「把傷害變成希望」（Changing Hurt to Hope），鼓勵其他人寫作，並且為家庭暴力大力發聲。還開始「舞臺上的書籍」（Books on Stage）系列閱讀計畫，一直持續到今天。兩者都是在加州的索諾瑪郡（Sonoma County）實行。在新墨西哥州，擔任駐點藝術家，協助女青年聯會（Young Women United）製作關於懷孕及准入問題、為拉丁裔婦女服務的主題小手冊。米歇爾有一個關於服務犬生活的部落格，請見：www.caninebodhisattva.com。

● **麗莎．畢夏普，圖書館學資訊管理碩士（Lisa Bishop, MLIS）**，畢業於聖荷西州立大學的圖書館暨資訊科學學院，這個學院是振興舊金山聯合校區學校圖書館計劃的突破教師團體的一部分。在她取得碩士學位前，她獲得BCLAD西班牙語雙語教師認證和國家委員會認證的教師。她是弗萊恩小學（Flynn Elementary School）的國際學士學位協調員，致力於推動學校成為舊金山聯合校區中的第一所小學項目（PYP）公立學校。她成立了「弗萊恩五百（Flynn 500）」計畫，從當地社群收集超過五百本手工綁定的線裝故事書。畢夏普是加州學校圖書館協會（California School Library Association，簡稱CSLA），曾擔任CSLA的北區分會長。在她任職期間，她為學校圖書館員舉辦了各種工作坊和活動，並製作了學校圖書館的宣傳影片，訪談知名的童書作家，強調學校圖書館的重要性。她是美國圖書館協會和美國學校圖書館員協會（AASL）的會員，曾在並且在CSLA的工作坊演講，並且在AASL的研討會籌備會議期間演講。

她也在書籍藝術界很活躍，鼓勵學生寫自己的故事，幫他們報名「艾斯拉傑克濟慈著書大賽」，她的學生贏得了許多獎項。她目前是舊金山阿普托斯（Aptos）中學的圖書館老師。

●**李・高夫（Lee Goff）**是作家，也是個商人、企業家、丈夫、父親、祖父和朋友。他接受過正規教育，大學時獲得英文和金融雙學位，還拿了一個研究所學位。李是一名職業軍官的兒子。在一個當時公認很正常的家庭中長大，父親和母親都很慈愛，之後陷入了母親罹患阿茲海默症與失智症的掙扎中，那是早在現代醫學能夠理解並加以治療這類病症前的時代。李後來的生活犯下種種錯誤，但可說是一場經驗教訓，這些教訓讓他變得有智慧，並對上帝產生信仰，認為這是萬事萬物的基礎。他的網站請見：www.thundertrilogy.com。

第二章：定義自身的故事

●**琳達・喬伊・邁爾斯（Linda Joy Myers）**著有獲獎的回憶錄《平原之歌》，她生長在俄克拉荷馬州的恩尼德（Enid），在那裡體驗到大地景觀的力量和美麗，並且結識了標誌她一生的靈魂的種種人物。在她的著作中，她試圖探索治療遺棄、秘密和沈默的主題。她將對風、土地和家人的記憶編織起來，顯現出記憶和個人歷史的力量。她的第一本回憶錄《不要叫我媽媽》（*Don't Call Me Mother*），是講述三個世代母女遺棄關係的療癒。琳達・喬伊是全國回憶錄作家協會的主席和創辦人，在過去四十年中還擔任心理治療師，喜歡指導那些長久以來沒有讓自己故事發聲的人寫作。她還著有《回憶錄的力量》和《回憶錄的旅程》，並且與他人合著《回憶錄的突破》和《回憶錄的魔法》。她的網站請見：https://lindajoymyersauthor.com/和 www.namw.org。

● **畢雅・鮑爾斯（Bea Bowles）**對故事充滿熱情，是一位專業的說書人，她的靈感來自霍皮族神話中的創世者蜘蛛奶奶，也是畢雅講故事時的仙女教母。在她的講演中，畢雅會從圍繞共同主題的不同文化背景取材，編織出她的故事網，她著有兩本故事書：《蜘蛛的秘密》和《蜘蛛奶奶的神奇網》。

鮑爾斯與「新維度電臺」的創辦人麥克爾和賈斯汀・湯姆斯（Justine Toms）合作，在世界知名的神話學家喬瑟夫・坎伯的指導下，一起錄製了各式各樣的創作故事。該節目名為《慾望的孩子：來自世界各地的五個創作故事》（*Children of Desire: Five Creation Stories from Around the World*），可上「新維度電臺」聆聽，節目是關於在不同傳統中的說故事的人。

每當畢雅·鮑爾斯去學校參訪時，都會獲得師生好評：「畢雅·鮑爾斯帶給我們教室最棒的一件事是，透過她編織的故事，讓我們對世界的不同文化有所認識。」一位有聲書的發行人對她更是讚譽有加：「在超過八百多個小時的故事錄音中，我們決定以畢雅·鮑爾斯的故事開始，因為她擁有完美的聲音和表演風格，能夠讓聽眾輕易地迷失在故事的世界中。」她的網站：https://www.beatricebowles.com/。

第二章：招牌故事

● **貝特西·格拉齊亞尼·法斯賓德（Betsy Graziani Fasbinder）**身兼作家、心理治療師、podcaster、演講老師和教練。貝特西認為，不論我們是在親密交談、寫故事，還是在職場生活中，我們都能透過故事與人產生最深層的連結。她是《牽牛花計畫：決心的故事》的主持人，著有一本小說《火與水》、一本回憶錄《裝滿鞋子》，還有一本指導性的非虛構類書籍《從書頁到舞臺：給作家的靈感、工具和進行公開演講的訣竅》。關於她的更多訊息，請見：https://www.betsygrazianifasbinder.com/。

● **瓊安·吉爾芬德（Joan Gelfand）**著有《你也可以當個作家》，並擔任寫作教練和許多寫作團體的講師。她寫了三部備受讚譽的詩集，一部獲獎的短篇小說集，以及《撕碎恐懼》，這是一本以矽谷的新創公司為背景的小說。

瓊安曾獲得許多寫作獎項、表彰、提名和榮譽，她的作品出現在《洛杉磯書評》（*Los Angeles Review of Books*）、《赫芬頓郵報》（*The Huffington Post*）、《搖鈴》（*Rattle*）、草原大篷車（*Rattle, Prairie Schooner*）、《司賦星》（*Kalliope*）、《當代詩子午線文集》（*The Meridian Anthology of Contemporary Poetry*）、《多倫多書評》、《沼澤鷹書評》、《文學酵母》（*Levure Litteraire*）、《心靈雞湯》，以及一百多種選集和期刊。

一部根據瓊安的詩〈詩的佛靈蓋蒂學校〉（The Ferlinghetti School of Poetics）所拍的電影曾參展八個國際影展，包括坎城、羅馬、好萊塢、倫敦和馬耳他等。這部電影在希臘雅典的詩歌電影節上放映時，獲得並在國際夢學研究協會（International Association for the Study of Dreams）的優選（Certificate of Merit）。這首詩取材自瓊安在一年間對勞倫斯·佛靈蓋（Lawrence Ferlinghetti）的三個夢。瓊安目前是「全國書評界」和「灣區旅遊作家協會」的會員，之前曾擔任「全國女性圖書協會」的主席。現在她是北加州圖書獎的評審委員。她的網站：https://joangelfand.com/。

第二章：個人品牌故事

● **瑪麗莎・莫斯（Marissa Moss）**是獲獎的童書作者和插畫家。出版過許多暢銷繪本，還有以名叫艾蜜利亞的年輕作家為主角的叢書，第一本是《艾蜜利亞的筆記本》。瑪麗莎跟隨她這位與書名同名的四年級女主角展開一系列日常冒險：年幼的主角不停轉學、結交新朋友，還要與煩人的姐姐打交道。

瑪麗莎也以日記形式寫過歷史性的日記，例如《美國青年之聲》（Young American Voices）系列叢書，其中包括《艾瑪的日記：一個殖民地女孩的故事》（*Emma's Journal: The Story of a Colonial Gir*），《漢娜的日記：一個移民女孩的故事》（*Hannah's Journal: The Story of an Immigrant Girl*）和《羅絲的日記：一個女孩的大蕭條時期的故事》（*Rose's Journal: The Story of a Girl in the Great Depression*）。瑪麗莎對歷史有濃厚興趣，並且熱愛與孩童分享重要歷史事件，這份熱情促使她繼續創作獲獎繪本，如《倒鉤的棒球》和《永不闔上的眼睛：平克頓偵探拯救林肯總統的妙招》。還有一本甫一推出就出名的書《最後的事情：失落與愛情的圖像形回憶錄》（*Last Things: A Graphic Memoir of Loss and Love*），這是為成人而寫的插畫書。在這本非常具有個人風格的書中，瑪麗莎講述失去丈夫的種種——一個家庭如何在經歷可怕損失後繼續存活下去。她的網站：

https://www.marissamoss.com/。

● **史考特・G・布朗（S. G. Browne）**是一位黑暗喜劇和諷刺小說作家，作品帶有超自然或奇幻風格。他筆下有為爭取公民權利而奮鬥的殭屍，天生具有偷運能力的私家偵探，以及參加藥物測試而發展出特殊超能力的受試者。他出版的小說有《呼吸者》、《命運》、《幸運賊》、《大自我》和《不算英雄》以及短篇小說集《槍殺猴子》和暖心的假期中篇小說《我看見殭屍吃聖誕老人》。他還著有《少女貴賓犬》（*The Maiden Poodle*），這是一本擬人化貓和狗的童話故事，老少咸宜，適合所有年齡層閱讀。

他的作品受到查克・帕拉紐克（Chuck Palahniuk）、克里斯托弗・摩爾（Christopher Moore）、庫爾特・馮內果的影響，也受到查理・考夫曼（Charlie Kaufman）和魏斯・安德森（Wes Anderson）電影的影響。不寫作的時候，他會讀書，騎自行車穿越金門大橋，練太極拳，狂看Netflix或在舊金山的SPCA當志工。他還是位冰淇淋鑑賞家、健力士啤酒愛好者並且非常喜歡爵士名曲《美妙人生》（It’s a Wonderful Life）。關於更多他的著作的訊息，請見：www.sgbrowne.com。

第三章：家族誌

●**克萊爾．軒尼詩（Claire Hennessy）**是作家兼講故事高手，在二〇〇八年從英國搬到加州，兩地間的文化衝擊促使她開始寫作，算是一種便宜的心理治療。目前，她正在編輯自己那本充滿幽默語調的回憶錄，內容是關於她與三十多年未曾相見的丈夫重新相聚的始末。她希望能在年事過高之前出版這本書。她是舊金山灣區寫作小組的創始成員，出版過四本文集，包括獲獎的《她做到了：堅強向前行》以及《只有真相，所以，上帝！請幫助我吧——轉換之路》。她曾在「文震」、「文學慢慢」、「飛蛾故事網」、「沼澤地」以及其他場合的講故事活動中演出。她的podcast請見：**The Bonkers Brit**。

●**霍梅拉．吉爾札伊（Humaira Ghilzai）**身兼作家、演講者以及阿富汗文化的顧問，她透過其頗有人氣的部落格「揭開阿富汗文化面紗」（Afghan Culture Unveiled），讓世人認識阿富汗的文化和美食。她透過充滿文化、美食以及她的家庭傳統故事分享阿富汗的奇特之處。

霍梅拉是女性國家圖書協會會員，目前正在寫她的第一本小說《揭開面紗》（*Unraveling Veils*），背景設定在舊金山和阿富汗。她的著作發表在《安可雜誌》、《瑪塔魯納：阿富汗普什圖的152句箴言》和平臺。她的網站：www.humairaghilzai.com。

第二章：家庭秘密與陰影

● **馬琳・卡倫（Marlene Cullen）**熱衷於鼓勵寫作推廣，甚至對那些自認不會寫作的人也是如此。她的《樂寫文選》叢書就是以有趣和啟發其他作家著稱。書中的每篇故事、小插圖和詩歌都提供寫作提示，激勵讀者嘗試寫作。馬琳充滿寫作以及與他人分享的熱情，創造出獨特的寫作環境，如Jumpstart寫作工作坊，與會者經常可感受到自身的轉變。

她的工作室為成功寫作提供關鍵訣竅。馬琳是佩塔盧馬作家協會（Writers Forum of Petaluma）的創辦人，這個組織每月舉辦一次文學活動，會請講者來談論寫作技巧和相關的一切。馬琳獲獎的短篇小說和散文散見於文學期刊、文集和報紙上，包括《小光》、《建橋》、《更多的橋梁》、《紅木作家文選》和《樂寫文選》。馬琳是加州作家俱樂部的成員，在網路上主持「寫點部落格」（The Write Spot Blog），這是一個為作家提供靈感的寶庫，請見：https://www.thewritespot.us/。

●**K．J．蘭迪斯（KJ Landis）**寫作、教學並且擔任健康和生活教練。她擁有教育學士學位以及個人訓練、普拉提斯和健身課程指導的證書，同時還有約翰霍普金斯大學史丹福醫學院（Stanford School of Medicine, Johns Hopkins University）和其他著名大學的心理學、全球健康、兒童發展和營養方面的進修教育證書。她的工作重點是教授無穀物和無糖的生活方式，解密食品標籤，並指導個人如何在試圖改善生活方式時建立支持部落。

蘭迪斯提供網路和電話遠距諮詢，客戶遍及舊金山當地到遙遠的杜拜。她為企業、私人住宅圖書館和老人中心創辦健康工作坊。K．J．蘭迪斯一直是《擁抱生命的HCG身體》（HCG Body for Life）與《新手作家》（Newbie Writers）等podcast節目的特邀嘉賓。她寫了許多關於健康的書。她在每週的影片和部落格內分享整全療癒相關訊息，並提供激勵和鼓舞性的支持。關於更多K．J．蘭迪斯及其走上康健之旅的訊息，請見：https://www.superiorselfwithkjlandis.com/。

第三章：家庭傳奇故事

●**貝芙．史考特（Bev Scott）**多年來一直對自己神祕的祖父感到好奇，她自己在工作之餘還養育一個女兒。逐步停止組織顧問和領導教練職業生涯後，她展開了揭開家譜之旅，企圖找出祖母從未透露過的秘密。儘管她發現一些關於祖父的傳言屬實，但整個故事仍有許多缺漏。貝芙決定以她的家族傳奇故事為基礎材料，來寫她的歷史小說《莎拉的秘密：背叛和寬恕的西部故事》。

除了有三十七年的諮商生涯，貝芙還在美國政府推行「打擊貧窮」期間，擔任一家社區行動機構的執行長，並在愛荷華州的康乃爾學院和柯伊學院，以及在舊金山灣區的約翰甘迺迪大學碩士班組織心理學程講授社會學。她撰寫許多專業文章，並出版了三本書，最新的一本是與金姆．巴恩斯合著的《內部諮詢》。她曾擔任地平線基金會（Horizon Foundation）、組織發展網絡（Organization Development Network）和女性正義中心（Women's Justice Center）諮詢委員會的委員。更多訊息，請見她的網站：www.bevscott.com。

- **小魏茨．泰勒（Waights Taylor Jr.）**在阿拉巴馬州的伯明翰出生成長，寫過五本書，最初是兩本非虛構類圖書：《阿爾馮斯．慕的斯拉夫史詩：一個藝術家的斯拉夫人民史，以及獲獎的《我們的南方家園：從史科茨伯勒、蒙哥馬利到伯明翰——二十世紀南方的轉型》。隨後是獲獎的謀殺案神祕三部曲系列，以私家偵探喬伊．麥克葛拉斯和山姆．拉克為主角的《救贖之吻》、《贖罪之觸》和《末日啟示錄》。泰勒的下一本書是即將出版的青少年和成人小說《亨利・塔特爾：喜歡跑步的男孩》（*Henry Tuttle: The Boy Who Loved to Run*）。泰勒現與妻子伊麗莎白・馬丁（Elizabeth Martin）一起住在加州的聖羅莎（Santa Rosa），身邊圍繞著五個優秀的孩子和七個很棒的孫子女。

謝辭

要是沒有亞歷克斯・費雪（Alex Fischer）溫柔的堅持，就不會有這本書。他敦促我去找一本我弄丟的書，那是我在一九七九年寫的：《文字編織：一本講故事的的工作手冊》（*Word Weaving: A Storytelling Workbook*），這是由舊金山的澤勒巴克家族基金會（Zellerbach Family Fund）出版。在找到這本講故事的書之後，我在圖書館的同事，特別是麗莎・畢夏普，就積極地建議我以新的故事內容和目的來修訂這本書。在美國芒果出版社副社長布蘭達・奈特（Brenda Knight）美好的持續支持下，我得以準備一份成功的出書提案，並開始寫作歷程。我非常感謝本書二十一位專業的撰稿人，感謝他們願意分享這些引人入勝的故事，以及講故事的技巧，讓這本書納入各式各樣的聲音和形式。隨著我對個人敘事的認識更加深入，我還要感謝在我寫作圈和故事圈的所有朋友，感謝你們的合作，以及多年來提供的出版機會。最後，我要感謝我的兒子布倫丹・法瑞爾（Brendan Farrell），感謝他聆聽我的故事，從出生直到現在。

關於作者

凱特・法瑞爾（Kate Farrell）相信故事的力量。她畢業於加州大學柏克萊分校的圖書館與資訊研究學院。自一九九六年以來，她就擔任北加州的語言藝術教室老師（從學前班、幼兒園至十二年級）。她同時也是作家、圖書館員、大學講師和說故事的人。凱特與加州教育部合作，創辦了「編織文字：講故事計畫」，這項計畫在一九七九至一九九一年由舊金山的澤勒巴克家族基金會資助，旨在培訓各級教師，並出版大量教材。

凱特是《文字編織：一本講故事的工作手冊》（*Word Weaving: A Storytelling Workbook*, 1980）和《講故事的影響：現代課堂的古代藝術》（*Effects of Storytelling: An Ancient Art for Modern Classrooms,*1982）。她還著有《文字編織：教學資料手冊》（*Word Weaving: A Teaching Sourcebook*, 1984）並且發行和共同製作培訓錄影帶「文字編織：說故事的藝術」（Word Weaving: The Art of Storytelling, 1983），由加州大學柏克萊分校發行。她還著有專書《講故事：教師指南》（*Storytelling: A Guide for Teachers*, Scholastic, 1991）。她也參與針對幼兒教育的口語發展計畫所編寫的《在多元文化的世界中講故事》

（*Storytelling in Our Multicultural World*, Zaner-Bloser, Educational Publishers of Highlights for Children, 1994）。

近來，凱特的故事出現在諸多文集中，她編輯的招牌故事的文集《智慧有一個聲音：每個女孩對母親的記憶》（*Wisdom Has a Voice: Every Daughter's Memories of Mother*）。她參與編輯的《時代曾經改變：女人記憶中的六〇和七〇年代》以及《深夜孤鳥的驚聲：作家挺身反家暴》都有獲獎。

【Act】MA0055

好故事的力量：從靈感挖掘、打造結構到講出令人難忘故事的秘訣
STORY POWER: Secrets to Creating, Crafting, and Telling Memorable Stories

作　　者❖凱特．法瑞爾（Kate Farrell）
譯　　者❖王惟芬
封面設計❖Bianco Tsai
內頁排版❖張彩梅
總 編 輯❖郭寶秀
特約編輯❖黃怡寧
責任編輯❖洪郁萱
行銷企劃❖羅紫薰

發 行 人❖凃玉雲
出　　版❖馬可孛羅文化
10483台北市中山區民生東路二段141號5樓
電話：（886）2-25007696
發　　行❖英屬蓋曼群島商家庭傳媒股份有限公司城邦分公司
10483台北市中山區民生東路二段141號2樓
客服服務專線：（886）2-25007718；25007719
24小時傳真專線：（886）2-25001990；25001991
服務時間：週一至週五9:00~12:00；13:00~17:00
劃撥帳號：19863813　戶名：書虫股份有限公司
讀者服務信箱：service@readingclub.com.tw
香港發行所❖城邦（香港）出版集團有限公司
香港灣仔駱克道193號東超商業中心1樓
電話：（852）25086231 傳真：（852）25789337
E-mail：hkcite@biznetvigator.com
馬新發行所❖城邦（馬新）出版集團【Cite (M) Sdn. Bhd.(458372U)】
41, Jalan Radin Anum, Bandar Baru Sri Petaling,
57000 Kuala Lumpur, Malaysia.
電話：（603）90563833　傳真：（603）90576622
E-mail：services@cite.my
輸出印刷❖前進彩藝有限公司
初版一刷❖2023年1月
定　　價❖420元（紙書）
定　　價❖315元（電子書）

ISBN：978-626-7156-46-9（平裝）
ISBN：978-626-715-658-2（EPUB）
城邦讀書花園
www.cite.com.tw

國家圖書館出版品預行編目（CIP）資料

好故事的力量：從靈感挖掘、打造結構到講出令人難忘故事的秘訣／凱特．法瑞爾（Kate Farrell）作；王惟芬譯. -- 初版. -- 臺北市：馬可孛羅文化出版：英屬蓋曼群島商家庭傳媒股份有限公司城邦分公司發行，2023.01
面；　公分. --（Act；MA0055）
譯自：Story power : secrets to creating, crafting, and telling memorable stories
ISBN 978-626-7156-46-9（平裝）

1. CST: 說故事

811.9　　111018210